译文纪实

助けてと言えない

孤立する三十代

NHKクローズアップ現代取材班

[日]NHK现代特写节目录制组 编著　　马惠 译

三十不立

无法开口求助的青年人

上海译文出版社

序言

便签纸上只写着三个字："帮帮我"。

那是在"派遣合同期满"等致使生活穷困人群激增的2009年4月。我从未看过比这更令人痛心的文字。

留下这段文字的，是一名男性。他曾经在餐馆工作，孤零零地死在了北九州市门司区的家中。他死于饥饿，年仅39岁。

在供奉着母亲的佛龛前，双亲皆已离世的男子躺倒在被褥之上，任身体慢慢变冷。"帮帮我"的呼喊是写给亲戚的，而这封简短的信却被留在了男子的遗体旁边。

他至死都未向亲戚或朋友坦白自己走投无路的悲惨处境。

为什么？找到这个问题的答案，成了我们此次采访的出发点。

得知男性孤独死的消息，是在2009年6月上旬。NHK北九州地方局在当日的新闻中进行了报道，我又吩咐负责警方新闻长达6年之久的首席记者都筑孝明先生去做面向通讯或电视节目的深度采访。都筑记者采访过无数案件，有着卓越的采访能力，站在社会弱势群体的角度上做了大量采访。

我自2008年7月开始，以北九州地方局新闻采访部主任的身份全面负责记者采访事务。在北九州地方局就任两个月后，美国的雷曼兄弟公司破产。引发世界经济萧条的“雷曼冲击”①给日本的经济和就业带来了严重的影响。在汽车产业、制铁等制造业聚集的北九州市，也不断出现停止雇用非正式劳动者的情况。“如何保证就业，维持生活”对身在新闻现场的采访部主任和记者来说，是非常重要的采访主题。

此时那名39岁男性的孤独死所带来的冲击可想而知。三十几岁，正值壮年，为何会发生这种事？

39岁。其实，我今年也刚好39岁。

我出生于1969年。还记得在小学的课堂上，学到战后日本经济高速增长实现了飞跃发展时，我的内心满是骄傲。社会课参观去的是汽车工场。当时，日本汽车的产量增加，面向美国等海外国家的出口也在不断扩大。

我大学入学时，依旧处于泡沫经济时期，日本的大型企业在美国不断收购洛克菲勒中心、哥伦比亚影业公司等历史悠久的美国资本，“痛击日本”②的风潮正盛。我本人

---

① 因美国第四大投资银行雷曼兄弟公司破产造成的世界性金融危机事件。[本书脚注皆为译注]

② 英语为 Japan-bashing，指国际关系中欧美国家一边倒地批评、排斥日本的情况。尤指1970年代末到1980年代，日本经济高速发展，美国因日美贸易摩擦产生强烈“反日”情绪，进而采取的一系列打击日本经济的行为。

是个穷学生，在考入大学之前，也曾经在建筑工地打工赚取生活费。当时很容易找工作，小时工资很高的兼职比比皆是。

然而，进入90年代后，随着泡沫经济的破灭，经济陷入了长期低迷。经济收紧，企业也在推进合理化。公司员工更是被重视结果的结果主义紧紧箍住。学生就业本就困难，经济冰河期仍在持续。陷入不稳定的就业状态的年轻人增加，企业和个人被“胜利组”“失败组”这种对当事人来说毫不留情的词汇分为三六九等。收入差距拉大，可以说，如今的“三十代”[①]群体刚好是在个人必须要自力更生的“自我责任”风气中成长起来的。

雇用环境也有了很大的变化，“三十代”群体正面遭遇严峻形势。毕业时就业形势已是艰难，大学毕业的非正式劳动者不断增加，而企业在业绩恶化时会选择裁员，非正式劳动者首当其冲。非正式劳动者成了所谓的调节阀。

如此一来，“三十代”群体中也多见失业者。我们的第一期节目于2009年7月播出。当时全国的完全失业人口达到了359万人，完全失业率[②]刷新了以往的纪录。企业缩减招聘人数，尤其对过了35岁的人而言，再就业形势极为严峻。

通过采访，我们了解到，完全不打算寻求帮助的“三十代”人群在增加。“不能给家里人添麻烦”“自己会找

---

① 在日本，“三十代”指代年龄在30岁到39岁之间的人群。

② 有劳动能力和劳动意愿但求职失败的无业人员（完全失业者）在劳动人口中所占的比例。

到工作尽量解决问题”。他们正是用所谓的“自我责任”来苛责自己，不与任何人沟通，断绝了与家人、朋友和地域的联系，孤立无助。

大家在心中所描绘的“三十代”的群体画像是自立自强，对社会有所贡献的样子吧。然而，描绘出的未来图景与现实相差甚远，从我们采访的“三十代”人群身上，我们深深感受到了他们在自我反省“明明都三十几岁了”的同时，羞于寻求帮助的心情。

迈进三十大关，会更加真实地感受到彼此生活上的差距。面对组建了家庭、幸福生活的同龄人，不愿以自己如今的样子示人的心境也可略窥一二。

2008年秋天以来，在北九州市内街头徘徊的流浪者中也出现了三十几岁的青年人的身影。

节目的采访得到了NPO[①]法人“北九州流浪汉支援机构”的法人代表奥田知志先生的大力协助。奥田先生并不认为要事无巨细地对无家可归的人提供帮助，提到“最终还是要靠他们自己”。

但同时他也表示，靠自己找到迈向自立的起点很难，全方位援助很有必要。奥田先生的NPO法人团体会帮助无家可归的群体找工作，提供暂时的住所帮助其自立。

针对一直拒绝发出求助信号的“三十代”，奥田先生在采访中这样说道：

---

① NPO是Non-Profit Organization的缩写，即非营利组织。

“这十年来，社会总是强调这是当事人的责任。即使身陷困境，那也是自己的责任。是我们的社会将这一观念灌输给了年轻一代。”

这样的境况已经不是接受采访的这部分人群独有的问题了——这种想法愈发强烈。

如果考不上学。如果找不到工作。如果就职的公司破产了……

或许会有人不以为然，认为他们不够努力。当然，努力是必须的。可另一方面，当事人却告诉我们，当人生因为一次失败或某些原因变得一塌糊涂时，从摔倒的地方爬起来绝非易事。

对“三十代”群体的采访由北九州地方局的记者和导演3人与福冈地方局的导演2人共同负责。采访组多次造访北九州市内无家可归的人群聚集的食品免费分发点及繁华街区，与他们面对面，深入碰触到了“三十代”的真实面貌。

雇用环境恶化，再加上社会的封闭，我们所采访的“三十代”群体呈现出了一种无依无靠、自责、无能为力、不断自我消耗的状态。节目播出之后，同样以“三十代”群体为中心，互联网上，推特等社交媒体中充斥着“并非与我无关”的共鸣。

“三十代”，或许应该更加积极地去寻求帮助，去实现东山再起。但我们的社会是否已经具备了包容这种求助的声音的环境呢?

“三十代”的现状，正反映出了当今社会的样貌。

听闻本书要出版文库本[①]，导演们再次向北九州市进发，进行了现场采访。

4年了。伫立在街头或公园中的“三十代”的身影如今还在吗？导演们一次次地来到当年采访时经过的地方。在那里，他们看到的，是人数远超以往的、因无法开口求助而深陷苦恼的身影。

借文库本出版之机，我们在第七章加入了最新的采访内容，再次直面“三十代”群体的生存现状。我们所看到的并非只有扎扎实实地向前看，靠自己站稳脚步的身影。本应肩抗日本未来的“三十代”究竟为何所困，又在想些什么呢？

就算是为了构建一个充满活力、更加美好的社会，我也衷心希望，通过本书，可以将他们的声音尽可能地传达给更多的人，引发人们的思考。

松原良祐（NHK北九州地方局 新闻采访部主任）

① 日本出版界特有的、以普及为目的的小开本的出版形态。

目 录

第一章　未能说出口的求助

——孤独死的39岁男性

古关和章（NHK北九州地方局　导演）

在与往年无异的樱花季节里

2009年4月，位于九州最北端的福冈县北九州市同往年一样，迎来了樱花漫舞的季节。樱花的花瓣流淌在河面上，也许有些樱花树已经长出了嫩叶。

在以炼铁业为中心繁荣起来的工业城市北九州市中，位于北部的门司区于明治时代被开放为贸易港口，成为交通要塞，逐渐发展起来。面向关门海峡的门司港地区作为连接九州和本州的“九州的玄关”为人所熟知，贸易船只和货物列车熙熙攘攘。银行和商社通通聚集在此处，周边建起了无数的饭店。当时的西洋建筑如今因“门司港怀旧”被二度开发，成为每年有200万人造访的观光地。而面向濑户内海的新门司地区，拥有西日本最大规模的轮渡码头，如今也是连接九州同神户、大阪等地的物流集散中心。

来到新门司地区，你可以看到大型卡车不分昼夜地在主干道上疾驰。沿路开设有多家快餐店、拉面店等餐馆和便利店，是长途运输的司机们休息的场所。从这些店家往里走，是古已有之的住宅区。有超市，有邮局，有学校，农田不断延展。这里随处可见上下学的孩子们的身影，还有遛狗的大人们。

2009年4月13日。在某间出租屋里，发现了一名孤独死的男性。北原学先生（化名），39岁。推测其在4月初因饥饿而死。北原先生躺在佛龛前的被褥上死去。冰箱里空空如也，他身上也仅剩9日元。原本近70公斤的身体面目全非，瘦骨嶙峋。玄关前除了两间没有狗的狗屋外，停着4年前便未再车检的小排量车，油箱是空的。

在这个平凡的地方城市，本该年富力强的“三十代”男性为何会沦落到孤独死的地步？严峻的雇用形势、生活保护等保障措施的问题、疏远的人际关系……？我们的脑海中蹦出了多个关键词，这时，我们知晓了一封信的存在。北原先生的亲属在其住处找到的这封信，被装在白色的竖式信封里。信封贴着邮票，已经封好了口，却没有寄出，就这样放在遗体的旁边。信封里是一张破碎的纸片，上面只有一句话：“帮帮我”。

“帮帮我”，这句似乎随处都能听到，却不知为何总是难以启齿的话。我们自己最后一次对人说“帮帮我”是什么时候的事了？可是，就算是到了生命攸关的那一刻，“帮帮我”也依旧难以启齿吗？在随后的采访中，我们得知，直到北原先生去世前几个月，他一直都在饱含热情地努力工作，也有不少算得上至交的朋友。即便如此，为何北原先生未向任何一人寻求帮助，一个人孤单离世？带着北原先生临终前留下的这句“帮帮我”，我们开启了近半年的采访工作。

项目组启动

2009年6月5日，NHK电视台中午12点15分开始的福冈县地区新闻中播出了这样一条新闻：“北九州市一名39岁男性孤独死”。当日傍晚，6点10分至7点前后在北九州地区播出的新闻节目《晚上好，北九州》中也对此进行了报道。

各家媒体当初的舆论中有大半都在探讨北九州市的生活保护接待窗口的应对是不是依旧存在问题。2005年至2007年，北九州市内无法接受生活保护的人接二连三地孤独离世，成了一个很大的社会问题。此后，北九州市整顿了窗口的接待方式，可即便如此，担心“难道又出现了同样的问题？”也不是毫无道理的。

报道播出大约三周后，6月25日，节目制作的项目组组建完成。以在NHK北九州地方局编辑部主任松元先生手下进行采访的都筑记者的报告为基础，连同福冈地方局报道组导演、北九州地方局的导演一起，在北九州地方局的新闻大楼展开了讨论。都筑记者的报告书里详细记载了孤独死的北原先生的家庭情况、发现遗体的经过及当时的状况，也提到了就放在遗体旁边的那封只写着“帮帮我”的信。

在召开第一次会议的时候，我们就隐隐感觉，“这也许跟一直以来关注的生活保护的问题完全是两码事”。相较于此，我们更想了解的是孤独死的北原先生到底走过了一段怎样的人生，到底过着什么样的生活，以及，到底为什么会留下“帮帮我”的只言片语离开人世。

“也有相关人士表示，北原先生生前体重将近70公斤，体格健壮，根本不像是会饿死的人。”

都筑记者的发言进一步坚定了我们想要解开北原先生足迹之谜的决心。

“除了要对行政上可能存在的问题追责，也要深挖北原先生不为人知的一面，或许可以由此发现些什么。我们就顺着这个思路开始采访吧。”

松元主任的话宣告了会议的结束，我们决定先去现场看看。

毕业相册上的笑颜

北九州市门司区。从NHK北九州地方局所在的小仓北区驱车大约30分钟，我们便来到了北原先生的家。

这是一间出租的平房。征得房东的同意后，我们踏进了玄关。

大部分遗物已经被亲属处理了。或许是这个原因，房间里有种奇妙的整齐感。不过，报告上说房间里的东西本来就不多。整整齐齐的房间、一丝不苟的性格……这个房间给人这种感觉。

“北原先生就是住在这里啊。”

不知是谁冒出了这样一句。

进了玄关马上就是一间日式房间。北原先生亡母的佛龛依旧摆在那里。佛龛前榻榻米上的黑色痕迹，让人无法忽视。

那块痕迹呈竖长形，可以看得出面积大概有一个成年人的大小。

北原先生就是在这个房间里，在佛龛前的褥子上停止了呼吸。那么，这块痕迹是北原先生留下的吗？还是说房间里原本就存在？我们已经无从考证了。突然就感到一阵毛骨悚然。

我们自然而然双手合十，祈祷冥福。

我们离开了北原先生的家，试着去采访住在附近的人。他生前过着怎样的生活，与住在附近的人们是否有来往？哪怕只言片语，我们也渴望获取了解北原先生真实面貌的素材。

在这期间，我们在某位人士的帮助下，借到了北原先生学生时代的毕业相册。

以班级为单位，身穿学生制服的学生们排得整整齐齐。有的绽放笑颜，有的不知为何表情僵硬，有的满面羞涩……在形形色色的表情中，我们找到了北原先生。“北原学”，这三个字上面贴着长方形的照片。北原先生的纪念照看上去有点紧张。那张脸称不上细长，可以说是不胖不瘦，会让人联想到健壮的体格，怎么看都只是一名普通高中生。

翻到社团活动的页面，我们看到了跟朋友们肩搭肩拍照的北原先生。脸上堆满了快乐。“北原先生究竟为何……”我们不禁一次次想起开始采访时的那个疑问。照片里耀眼的笑容深深刻印在脑海里，久久不能抹去。

实地采访开始

循着毕业相册，我们决定给北原先生的同学一一打电话。

“突然打电话给您，实在不好意思。其实，我们正就一位名叫北原学的男性进行采访……”

多数同学离开了老家，基本都是其父母接的电话。

“我儿子现在去了东京工作……”

“我女儿嫁人了，现在不住在家里。”

这是合乎情理的。毕竟，北原先生的同学们跟他是同龄人。39岁，除非是在当地工作，否则几乎不可能住在老家。

“您所拨打的号码是空号。”——我们也经常会听到这句冷冰冰的机械音。

不论如何，我们还是拨出了一通又一通的电话。

同时，我们也在北原先生的住处附近继续实地采访。

拿着北原先生的照片，我们去了其住处附近的便利店、超市、菜场、烟酒专卖店……我们去了北原先生可能到过的所有地方。

“请问您见过这位男士吗？”

我们获得了一些目击信息。其中，最重要的一条是有关工作的——“北原先生是不是在附近的餐馆工作过？”我们扩大了实地探访的范围，希望可以锁定那间餐馆。4月发现北原先生的遗体时，他家门前停着车。那么，在他过世之前，生活中是不是将开车当作移动手段呢？也有必要作此假设。

我们开始了对附近餐馆的地毯式探访。驱车10分钟可达的范围中，形形色色的餐馆数不胜数。

“打扰您工作了，很抱歉。很冒昧地请问您……”

一家又一家，不止不休。

“不好意思，我没见过，也没听说过耶。”

如此回答的店家占了大半。“说不定对外说是在餐馆，实际上是做厨师呢？”——除了专卖套餐的快餐店、居酒屋等普通的餐馆，我们也去了超市的熟食卖场和便当卖场。

电话和实地探访。日复一日。通过这样的采访，我们一点点拼凑出了北原先生的人生。

认真、活跃的好青年

1969年（昭和四十四年），大学纷争[①]闹得沸沸扬扬之时，北原先生在北九州市门司区出生了，是家里的次子。在这个有父母和哥哥的四口之家，他茁壮成长，上了当地的托儿所、小学、初中和高中。

据当时就认识北原先生的朋友所言，他就是个普普通

① 1968年夏至1969年初，由东京大学学生发起的学生运动。

通、随处可见的年轻人。中学时代加入了柔道社团，高中时代则一头扎进了橄榄球的世界。据说“稍微有点胖”，是个体格健壮、很活跃的大好青年。“他经常说笑话逗周围的人笑。”“他很容易相处，不论学校内外，朋友很多。”“虽然不是领袖人物，但是也很受欢迎。”——朋友们纷纷回忆着。毕业后，北原先生还主动担任干事，组织了中学同学的同学会。爱好是观看当时流行的职业摔跤比赛，好像也熟知一些狂热粉的内部消息。

北原先生经常会去小学以来的好友大江浩太先生（化名）家玩。大江先生家经常是朋友们聚会的场所，北原先生也是其中一员。大江先生的家人也会在北原先生来访时，口中唤着他的昵称“小北”欢迎他。有时候，大江先生的母亲会亲自下厨，而北原先生会坚决推辞，表示“家里有规矩，不准在别人家里吃饭”，显露出固执的一面。大江先生的母亲回忆北原先生时说道：“小北性格很认真、克制，可时不时会出人意料地说些有趣的话，让人捧腹大笑。”

高中毕业后，北原先生初步打算从事媒体相关的工作，便离开了老家北九州市，考入了福冈市的专修学校。北原先生跟同样考入专修学校的大江先生一起租了福冈市内的公寓，一起生活。这里便成了朋友们聚会的场所，他们熬夜打麻将、喝酒，度过了青春岁月。在专修学校，班上的同学都称呼北原先生为“大哥”，他深受大家的爱戴。

北原先生度过了被人簇拥着的学生时代。我们真的很难把他跟那个39岁孤独死的男性联系起来。

究竟是什么搅乱了北原先生的人生呢？

就职与挫折

1990年（平成二年），北原先生的人生迎来了转折。那时候泡沫经济还在继续，北原先生正值20岁，从专修学校毕业后，成为金融相关企业的正式员工。这是个就业形势为有效招聘倍率[①]1.40、绝无仅有的“卖方市场”的时代。离开了在其他公司就职的大江先生及朋友们，北原先生独自一人去了北陆地区[②]工作。工资很高，可等待着北原先生的是过于残酷的工作内容。北原先生当时的同事告诉我们：“那份工作主要是依靠欺骗他人，让对方吃亏来赚钱。很多人不喜欢这份工作就辞职了。北原先生也非常痛苦。”留在福冈的朋友们也记得看到回老家的北原先生瘦骨嶙峋的样子，曾经感慨过“这真是份非常辛苦的工作”。

对开始了不得志的职业生涯的北原先生来说，心之归处或许就是自己出生、长大的故乡吧。以下这个小插曲，让我们不得不如此认为。在这家公司工作期间，北原先生参加了公司组织的旅游，去了韩国。这是他一生中唯一一次海外旅行。北原先生趁机买了高丽参。他知道好友大江先生的父亲身体不好，因此购买了有益健康的高丽参作为伴手礼。北原先生一个人去了大江先生家，将高丽参交给了他的母亲就回去了。大江先生的母亲至今还清楚记得当

---

① 劳动力市场有效需求人数与有效求职人数之比。

② 北陆地区指日本中部靠日本海一侧的地域，包括新潟、富山、石川、福井四县。

时的情形。“小北真是个内心温柔的孩子啊。”——她如此回忆道。

那之后不久，因劳心劳力的工作而积劳成疾，北原先生的身体垮了。就像是追随着那些辞职的同事一般，他也离开了公司。北原先生回到了专修学校时代所待的福冈市。据上文提到的前同事说，当时他交往的女朋友就在福冈市。北原先生打算再找份工作，辗转面试了多家公司。然而，那时候泡沫经济已经破灭，根本不可能找到正式员工这种稳定的职位。

认真的自由职业者、不安定的生活

此后，北原先生便靠着在餐饮行业打工来维持生计。他在居酒屋和餐馆从事厨师的工作。在福冈市待了一段时间之后，他跟朋友说“要回北九州市做餐饮方面的兼职工作”，就回到了故乡北九州市。

多年之后重回故地，北九州市的风景或许已经跟北原先生记忆中所熟悉的风景有些许不同了吧？

主干道旁参差林立着居酒屋和快餐店。当地毫无特色的风景之一成了北原先生维持生计的场所。

好朋友大江先生及其他朋友都离开了北九州市，去了东京等地工作。其中也有人已经结婚生子。这些朋友在盂兰盆节、正月里回老家的时候必定要聚在一起叙叙旧，可是在其他日子里，北原先生的每一日应该都是职场和家两点一线的生活吧。

他在职场上热心工作，也深得同事的信赖。多的时候，他一人同时兼3份工作，也曾经有过月赚20万日元以上的时候。在他自2005年起工作了3年半的居酒屋，他甚至承担起了带教新人的工作，是领袖般的存在。同僚都称呼他为“北哥”，满心敬仰。北原先生自2006年起工作了半年的快餐店的前同事告诉我们：“他严格遵守时间，非常诚实。工作热情也很高。看上去非常喜欢工作。”他也提过以后的梦想，“将来要开一家自己的店”。不过，工作时间结束后，他经常会马上离去，因此业余时间里很少跟同僚们有更多的私人交流。

另一方面，随着经济环境的变化，打工的地方也开始削减人手。北原先生工作的店家有的因为营业额锐减而破产，他也不得不更换工作。自迈进30岁大关，他至少辗转在7家店打过工，其中至少有5家现在处于闭店状态。在浮浮沉沉生存竞争激烈的餐饮行业，北原先生作为非正式劳动者不得不忍受不稳定的生活。

不为人知的债务之苦

十一月四日　9 000日元

十一月五日　10 000日元

十一月六日　15 000日元

……

这是在北原先生的遗物中找到的大量收据上的数字。

北原先生偿还消费贷款多是通过便利店的ATM机汇款，他用长尾票夹将几乎所有的收据整理保留了下来。

北原先生深陷债务之苦。为了生活费等支出，他至少申请了5家消费贷，借了150万日元以上的贷款。从他留下的收据来看，北原先生在2008年9月到11月的3个月间，共汇出了大约120万日元。平均每月要偿还40万日元。这个金额远远超出了北原先生当时的收入——大约14万日元，想来，为了偿还贷款，他又选择了其他的消费贷，从而陷入了多重债务的泥沼。

北原先生家中也找到了多封记载着“您的还款已逾期”的催款书。

2008年11月，催还贷款的电话开始时不时打到他工作了超过3年半，甚至被委以教导新人重任的居酒屋。北原先生跟上司提出辞职。同事们尽力挽留，可北原先生说“不能给大家添麻烦”，坚持辞职，离开了居酒屋。“完全没必要介意啊，只要能继续工作……当时我们都这么劝他……”前同事回忆道。

听闻北原先生的讣告，同事们都异口同声说“难以置信”。

“他竟然被逼到那步田地……完全没有想到。”

北原先生并没有跟同事透露过自己的窘况。

面对家人也难以出口的“帮帮我”

2008年12月，北原先生收到了之前工作的居酒屋汇入的最后一笔工资——大约6万日元。自此，他几乎失去了所有的收入来源。恰巧，这个时期因雷曼冲击引发了世界范围的经济不景气，“过年派遣村”[①]成为社会话题，派遣合同到期的非正式劳动者在全国各地比比皆是。有效招聘倍率持续下跌，当月为0.70。这个数字刚好是北原先生刚参加工作时——泡沫经济鼎盛时期——的一半。新年过后，0.65、0.58，这个数字继续下跌。辞去了金融业相关的工作，主要在餐饮行业一天到晚从事厨师工作的北原先生当时刚好39岁。他去了HelloWork职介中心[②]，不断浏览招聘广告，看得出他在努力找工作，可是我们无法确认他是否找到了工作。

贷款的雪球越滚越大。北原先生没有可以依赖的家人吗？

听附近的人说，北原先生去世时所住的家，原本是其母亲的住所。但是，罹患心脏病的母亲于2005年过世，从那时起，原本便独自生活的北原先生就在这里住了下来。他几乎不跟附近的人来往。母亲生前养了两条狗，去世后也继续养在玄关前的狗屋里，可附近的人说从未见北原先生遛过狗。

后来，我们了解到，北原先生的父亲在十几年前便人间蒸发，行踪不明，只剩下哥哥一个亲人。我们找到了现生活在大阪的北原先生的哥哥，进行了采访。

其实，北原先生之前曾多次向哥哥寻求资助。哥哥每

---

① 为应对雷曼冲击产生的无家可归及非正式雇佣问题，各大小团体及工会携手合作在2008年12月建立的一种避难所。

② 由日本政府运营的免费的职业介绍所，属于公共行政机构，在日本各地均设有办事窗口。

次都满足了北原先生的请求，可是北原先生并没有跟哥哥坦白自己的生活已经窘迫至此。

“他知道，如果这些事情被我知道了，会被我一通臭骂，所以有很多事情都是瞒着我的吧。结果就憋在心里，想要靠自己去解决，最终落得这样的下场。”哥哥说道。北原先生并没有跟哥哥坦白自己已经辞职，失去了收入来源。

朋友的泪水与采访中的挣扎

随着电话和走访，我们有幸采访到了很多相关人士。

“请告诉我们一些北原先生的事吧！”

面对唐突的采访请求，很多受访者理解了我们的采访目的，痛快地接受了采访。慢慢地，我们拼凑了北原先生的半生时光。

然而，要找到知晓北原先生去世前夕的样子的人极其困难。大部分人记忆中的都是以前的北原先生，几乎所有人“最近都没有跟他联系过”。即便是其最近工作过的职场的同事，在他辞职后也再没有联系过他。

其实，我们知道那个关键人物是谁。

且称他为A先生吧。A先生跟北原先生打小就是朋友，成年后也一直保持着联系。

我们去A先生的家拜访过。

然而，A先生流着泪拒绝了我们的采访。

“我跟家人商量过了，决定不再提起北原先生的事。”

可以想见，北原先生去世这件事在A先生心里留下了深深的伤痕。

“这位先生如果同意接受采访，应该会有爆炸性发现吧。”

我们心中满是这种残忍的妄想，多次敲响了A先生家的大门，毫不气馁。可A先生自始至终都没有改变自己的决定。

还有一位B先生。B先生也是北原先生的同学，是他的好朋友。

B先生当时离开北九州市，去了广岛县的公司工作。得知这个消息之后，我们马上赶赴广岛。换乘几班电车后，我们在某一站下了车。那是7月里炎热的一天。

我们来到目标公司，向前台接待表明了来意。前台告诉我们B先生已经离开了公司。我们将电话号码留给前台，返回了车站，想着至少留封信说明一下采访的目的。我们在便利店购买了信纸，坐在附近的咖啡馆开始写信。

这时，手机响了。B先生打来的。是前台的接待人员联系了已经回家的B先生。

我们当时直觉这将是最后的机会。除了B先生，我们再也没有渠道获取北原先生的最新消息了。无论如何，我们都想知道北原先生的生活状态。我们希望可以从近期跟北原先生有过来往的人口中了解北原先生到底是什么样子。北原先生也没有向朋友寻求帮助吗？在毕业相册里被小伙伴们团团围住，满脸笑容的北原先生——岁月的刀斧到底将他变成了什么样子？还是说，他其实并没有什么变化？我们拼命拜托他接受采访。

然而，B先生也在为北原先生的离世而痛心。

“我真是大受打击。拜托了，你们放过我吧。”

我们也未能从B先生口中获得任何信息。

挂掉电话后，我们抱着抓住救命稻草的心情写完了尚未完成的信，投入了邮筒。

晚上，在赶回小仓的电车上，我们百感交集。就拿A先生这件事来说，我们所做的一切是正确的吗？是不是只是在毫无顾忌地扰乱人心？在新闻报道这面大旗之下，我们是不是丢失了一些重要的东西？一个人的死亡是如此沉重的事实啊……

几日后，回到北九州市的我们收到了B先生寄来的信。我们在广岛写的那封信并未开封，被原封不动寄了回来。

面对好朋友的死亡，绝对不可能消失的悲伤——我们似乎看到了那深不见底的思念。

那之后，我们决定不再打扰A先生和B先生。因为我们感觉，联系他们本身就会给他们造成心理负担。

但虽是只言片语，我们也从中窥到了一些情况。

因辞职失去收入来源，无力偿还贷款的北原先生，不光是对哥哥，对A先生和B先生也隐瞒了自身的窘况，始终未曾向他们寻求帮助。

未申请生活保护

失去工作后，大约过了一个多月。明明已是新年，可雷曼冲击的余波还在继续，丝毫看不到经济好转的征兆。

1月8日。北原先生第一次来到门司区政府，打算申请生活保护。门司区政府位于高地上，从那里可以将一天内约有500艘船往来的关门海峡尽收眼底。只有生活保护科跟其他科分开，办公地点在另一栋楼里。我们拿到了来这别楼的北原先生同工作人员的谈话记录。

北原先生开始介绍自己的基本情况，比如自己单身，租房住，每月房租25 000日元，双亲过世，有个哥哥但已经断了联系等。面对“您有没有生病？”的问题，北原先生回答说“没有”。

需要注意的是，当工作人员问“你有借款等负债吗？”时，北原先生的回答是：“没有借款。”另外，面对“你有工作吗？”的问题，北原先生的回答是：“店歇业了。一直工作到去年11月，可月底就关门了。12月收到了店家汇入的6万日元，那是最后一笔工资。”

北原先生应该是为了扭转债务缠身的现状，走投无路才来了生活保护科。可是，或许是误认为一旦被知晓债务缠身就无法申请生活保护吧，北原先生向工作人员隐瞒了身负外债的事实。对因被追债而辞职离开的工作单位，也谎称是“关门了”。他为什么要隐瞒身负债务的事实呢？明确理由不得而知。北原先生在政府的行政人员面前，也没有说出自己的处境到底有多么窘迫，自己到底多么需要帮助。

工作人员针对借款并没有进一步追问，当问到“你在找工作吗？”时，北原先生回答说：“在HelloWork职介中心或者通过报纸广告找工作。”

“您要找什么样的工作？”

“主要在找餐饮业相关的工作。”

“您的求职标准是什么？”

“要找正式员工的工作。”

经过一番交谈后，工作人员对北原先生如此建议道：

“虽然您想找餐饮行业相关的正式员工的工作，可是建议您不要将兼职排除在外。您才39岁，身体健康，肯定能找到工作的。”

在保护科，无论申请是否会被受理，他们都会向来访的人确认申请的意愿。

“您要申请生活保护吗？”

面对这个问题，北原先生回答说“先试着扩大求职范围找找工作看”。于是，北原先生并没有领取生活保护的申请表。北原先生到底还是对工作人员守口如瓶，将眼看着就要脱口而出的话咽了下去。

那之后，北原先生再也没有去过生活保护科的业务窗口。

大约一个月后，2月4日。北原先生给住在大阪的哥哥发了条短消息——“我现在有工作了，但是工资还没到账。本来应该是分期支付市民税的，可这次要求一次性付清，所以我没钱了。借我5 000日元。”哥哥本打算向北原先生确认一下具体细节，却一直未能联系上。

两条狗被放生

大概在2月21日。住在附近的岩城里惠女士（化名）看到北原先生家养的两条狗在四处游荡。一条狗的颈圈被拆掉了，另一条狗的狗绳也被解掉了。

岩城女士说，北原先生的母亲很早之前就养着这两条狗，一直到她过世。之后，它们也被继续养着，可就像之前提到的，几乎没有人看到过北原先生遛狗。更让人印象深刻的，是越来越让人无法忽视的空空如也的狗粮碗，以及从狗狗面前经过时，它们略带神经质地“汪！汪！”吠个不停的样子。

附近的住户怎么也联系不上北原先生，没办法，只好一起照顾这两条狗。两条狗在附近到处游荡，人们看到便会喂它们。起初没精打采的狗狗渐渐恢复了生气，也开始跟大家亲近起来。“就睡在我家玄关门前，真的特别可爱，”岩城女士回忆道，“北原先生也许是想着自己再也没办法养活狗狗，至少得让它们活下去，才放掉它们的吧。虽然这算是他母亲的遗物……”

大约两个星期后，3月9日。行人差点被狗咬伤。

那一日，一直以来被养在北原先生家的两条狗被送往了保健中心。

同样是3月9日这一天，北原先生租住的房子的房东到访。他在门上贴了一张纸。

“您那之后怎么样了？请尽快联系我。”

去年12月，北原先生辞职。从那时起，他就在拖欠房租了。房东每天都会来北原先生家，可是他一直都不在，电话也打不通。

贴了这张纸之后，房东也没能联系上北原先生。

空白的3月与一通电话

北原先生去世前到底过着什么样的生活？1月去区政府咨询生活保护，2月放生了两条狗，那之后就音讯全无，直到4月遗体被发现。那这段时间里究竟发生了什么？或者，什么都没有发生？我们完全找不到线索。我们已经决定不再打扰前文提到的A先生和B先生。因此，绝对不能放弃寻找其他的线索。

又是电话和走访的日日夜夜。话虽如此，其实能埋头于采访的时间已所剩无几了。要成功播出一期节目，得经过摄影、编辑、台本的制作、字幕加工、旁白和音效的录制等制作过程。如今，我们不得不开始考虑制订摄影计划了。

这时，循着毕业相册的记录进行的电话采访也接近尾声了。我们给花名册上的每一个人都打了电话，还有几个号码虽然打通了，却因为当事人不在家而未能联系上。

“也许今天还是联系不上……”

我们抱着死马当活马医的心情拨通了某串号码，电话接通了。一直以来都不在的那个人，终于接起了电话。

我们慌忙解释了打这通电话的缘由，然后，电话那头的声音传了过来："差不多是3月中旬吧……小北来我家的时候，我怎么就一点都没注意到呢……我到现在还觉得很心痛……"

这是我们一直都没能找到的新线索。我们马上请求跟对方面谈，对方接受了采访的请求。然后，我们在约定的时间见面，进行了采访。

也许是北原先生生前最后见到的那个人，是北原先生专修学校时代一起合租的好朋友大江浩太先生（化名）的母亲。小学的时候，北原先生经常去大江家里玩。

跟好朋友也未能坦诚相告

大江先生的母亲佳子女士（化名）2009年以来跟北原先生见过两次面。

第一次是1月1日。儿子大江浩太先生由于工作原因长年在国外，去年才调回东京，所以回到了久别的故乡。那一日，北原先生时隔数年后，再次拜访了大江先生家，跟其他几个朋友一起度过了愉快的时光。一直称北原先生为"小北"，非常疼他的佳子女士也加入了进来。那时，佳子女士觉得北原先生比以前瘦了。更让她感到意外的是，以前不管什么菜式，都表示"家里有规矩，不准在别人家里吃饭"，坚决推辞的北原先生，唯独在那一天，不管是寿司还是三杯醋渍都吃得津津有味。佳子女士当时心想："一定是母亲去世后，他很想念家常菜的味道吧。"冷不丁问起他的工作——“小北现在做什么工作啊?”，他很爽快地回答说:“我在便当店工作。周围都是老阿姨，每天都很开心地做便当呢。”佳子女士听罢才放下心来，想:“这样的话，就不至于吃不上饭吧。”

后来，我们联系了北原先生当时跟佳子女士提到的便当店，询问北原先生是否真的曾在那里工作过。结果，我们发现，事实并非如此。

果然，北原先生也没有跟好朋友们及佳子女士言明自己为生活所迫的窘况。

最后都未能说出口的“帮帮我”

一提到北九州市，人们总是先入为主地认为这是座工业城市，其实那里有很多满目翠绿、亲近自然的地区。北原先生及其朋友们长大的新门司地区的住宅区也是一片充满绿色的地方。

这一年，佳子女士第二次也是最后一次见到北原先生是在3月20日之后。在那个瑞香花的花期已过、樱花花苞马上要绽放的时候，佳子女士正在准备晚饭。佳子女士的丈夫多年前便已过世，她每天早上外出打零工，傍晚到家。随后她会给住在附近的父亲送去晚饭，步行过去只要几分钟，之后她再回家吃晚饭。这已经成了她多年的习惯。

那一天也应该是同样的安排。但是，电话响了。

“阿姨。”

电话中传来了沙哑的声音。是北原先生。

“是小北啊，怎么了？”

佳子女士问。

“阿姨，我感冒了，什么都没吃。您帮我准备点吃的行吗？”

北原先生说道。

“那你来家里吃饭吧。”

“不了。”

“那我给你送过去吧？”

“没关系。我开车过去取吧，您帮我做好就行。”

“那我给你准备个便当吧。”

“那就行。”

“我今天做了野菜赤豆饭，你能吃得下吗？”

“嗯，能吃。”

说完，北原先生挂断了电话。

北原先生的住处距离佳子女士家大概有10分钟的车程。佳子女士急忙将野菜赤豆饭装入打包盒，又添了些现成的食材，附上了筷子。佳子女士拿着匆匆准备好的便当出了门。这一片的住宅鳞次栉比，密密麻麻，所以车子都会停在不远处的停车场。朋友驾车来访时，佳子女士也会请他们停在那边。

在赶往停车场的路上，佳子女士回想起北原先生的电话。迄今为止，北原先生从来没有来电话要过吃的。身为北原先生好朋友的儿子也不在家，上次北原先生一个人来访，大概是多久以前的事了？如此说来……佳子女士记起了一件事。十几年前，北原先生记挂着如今已故的丈夫的身体，曾经来送过高丽参。从那之后就再没来过了。

赶到停车场，稍微等了一会儿，北原先生的车开了过来。车子在不远处停下，佳子女士快步跑了过去。

北原先生打开了车窗。他穿着一件黑色的运动服。两颊看起来很消瘦。

“果然是稍微瘦了一些啊。”

佳子女士开口道。

“嗯……大概躺了一个星期呢。”

北原先生应道。果然，声音很沙哑。

“就准备了这些，可以吗？”

佳子女士说着将便当拿给北原先生看。

“可以的。”

北原先生说。

“吃得了吗？”

佳子女士确认道。

“没问题的。”

北原先生答道。

“去过医院了？”

“我没事的。”

“我给你拿点药？”

“没事的……”

北原先生看上去并不是极度虚弱。虽然声音沙哑，也瘦了一些，可是精神似乎还不错。佳子女士觉得，北原先生既然能开车过来，那感冒应该是开始好转了。她将便当递过去。“阿姨，谢谢你。”北原先生说着接了过来。

北原先生脸上挂着笑。那并不是在苦痛中勉强挤出来的无力苍白的笑，而是如假包换的灿烂笑容。跟学生时代起来家找儿子玩耍时的笑容毫无二致。佳子女士看着他的笑容，愈发觉得他已经恢复了。

北原先生一次都没从车上下来。在停车场只逗留了大约5分钟。

“阿姨，谢谢你。”

北原先生笑着挥挥手，再次发动车子离开。

那是个慢慢开始变暖的、春天的傍晚。

佳子女士面对采访的我们，细细回忆着当时的情景。

“如今想来，小北家附近有便利店的呀。那么，只要他有钱，就肯定会去买吃的。如果我那时候能想到这一层，或许就能察觉出他的异样了……”

佳子女士现在经常想起的，是北原先生孩童时代的样子。

“他不是那种心直口快的人，当然也不是磨磨蹭蹭的那种孩子。这么说吧，若是那种很有劲头的孩子，会很随意地聊天，比如，‘阿姨，我来啦’，比如，‘阿姨，我去了哪里哪里，给你买了个礼物’，诸如此类。‘阿姨，我口渴了，给我杯茶喝呗’——要是这样的孩子就好了，可那孩子不是，等你问他要不要喝，他才会喝。我觉得他可能是说不出口。应该是没办法开口说自己身无分文吧……

“我自己也一直在反省，为什么当时没能察觉出异样。明明当他是自己的孩子一样，为什么就没察觉出来呢？他明明可以多依赖我一些……”

拿到便当的那天之后，北原先生再也没有联络过佳子女士。

临终前的北原先生

大约三周后，4月13日。

北原先生租住的房子的房东一直联系不上他，猜想他是不是失踪了，就报了警。房东跟警察一起进入了北原先生家，然后，发现了横躺在被褥之上、已经面目全非的北原先生。

遗体解剖的结果显示，其死亡时间大概在4月初。没有摄入食物的迹象，死因推断为饿死。

北原先生家中的东西少得可怜。门前是油箱已空的车、没有狗的狗屋。房间里只有空空如也的冰箱、应该是在就职单位穿过的制服、少量餐具、被褥、佛龛……

还有，只留着“帮帮我”这一句话的信。

几日后，亲戚在附近的寺院里为他举办了葬礼。那座寺院中的骨灰堂里安放着北原先生母亲的骨灰，北原先生的骨灰也被一起安放在那里。

6月，包括NHK在内的各家媒体报道了“39岁男性孤独死”的新闻。通过新闻知晓北原先生死讯的朋友、熟人、前同事等都大吃一惊，异口同声地说这“难以置信”。“我不想谈这件事”“我一辈子都忘不掉这样的悲伤”——悲伤到无以复加的人也不在少数。

然后，直到今日。

北原先生的死亡带给我们的疑惑

透过采访，我们了解到，北原先生渐渐被生活逼得走投无路的过程中，有无数次将“帮帮我”说出口的机会。我们也意识到，说出“帮帮我”，也许并不仅仅是单纯寻求帮助，还相当于要跟对方全盘托出自己为何需要帮助、自己已经落魄到何种地步。

我们没有人愿意将自己的弱点示人，这很正常。每个人都有不想让人发现、不愿让人知道的弱点。我们采访团队的成员大多三十来岁，比北原先生稍微年轻一些。采访过程中，我们不止一次地问自己，如果自己陷入这种境地，能鼓起勇气求助他人吗？能将自己的弱点公之于众吗？比如，“其实，我在外面借了钱”……

或许说不出口，我们深有共鸣。比起将弱点暴露给父母、朋友，还不如自己好好努力。但是，哪怕被逼上绝路也……？接下来的事，我们也想象不出了。

北原先生到最后也没有将“帮帮我”说出口。

2010年春，为了撰写本文，我再次走访了安放着北原先生遗骨的寺院。那是让人微微冒汗的明媚晴朗的一天。

我跟寺院方打过招呼，表达了想要去骨灰堂祭拜的来意。走过墓地，前面便是小而整洁的骨灰堂。

换上拖鞋，我走进了骨灰堂。似乎并没有其他访客。

昏暗的室内排列着数排类似寄物柜的柜子，细长型，金属材质，里面放着各家的遗骨或牌位。在视线高度的位置上有个玻璃门，在这个小小的门里摆放着牌位。

周围安静得让人毛骨悚然。穿着拖鞋发出的脚步声在室内回荡。我找到北原先生的牌位，打开门，上香。闭上眼睛在心里向他细细汇报了迄今为止在采访中遇到的人、播出的节目以及播出后的反响。

睁开双眼，我忽然发现，香炉旁边放着一包红色的云雀香烟。一年前，因采访多次来这里的时候，并没有这包烟。是有什么人为北原先生供上了他生前爱抽的香烟吧。

走出寺院之前，我跟住持夫人询问了情况。

“节目播出之后——虽然最近少了——时不时会有人来祭拜他，大概是熟人或者朋友吧。现在好像也有哦。”

她告诉我们。

“为什么不跟我说啊……”

“明明可以多依赖我一些……”

恍惚间，与生前的北原先生相熟的人们的声音仿佛通过红色的香烟盒传了过来。

北原先生到最后也没有跟任何人坦白自己的窘况，只留下了写着“帮帮我”这一句话的信，离开了人世。

那场死亡已经过去了一年，可是无法对任何人吐露的沉默的“帮帮我”，至今仍重击着留下来的人们的心房。

离开寺院，太阳越升越高，春天真的来了。

盛开的樱花花瓣一片片飘落，在地上绘就了浅红的纹样。

一年前，2009年4月。北原先生在临终之前，到底以何种心情凝视着同样落英缤纷的樱花呢？我不禁思绪万千。

第二章　无家可归的“三十代”
——聚集在食物分发点的那些年轻人

小木宽（NHK福冈地方局　新闻节目组导演）
田中智佳子（NHK福冈地方局　新闻节目组导演）

想了解无法开口求助的心情

为什么，北原先生去世前未向任何一人求助？为何世人皆以为应当正值壮年的三四十岁的青年人，竟不可避免地沦落到孤独死的惨境？如今，我们已经无法从北原先生的口中听到答案了。

通过对周边的采访，我们掌握了北原先生的为人和他生前说过的话。可是，他并未跟朋友坦白自己的窘境。而最后留给这个世界的，是“帮帮我”这句话。深陷如此窘况却不向外界求助，这究竟是出于何种考虑？真想直接问问啊——我们采访组对此的执念越来越重。可是，要去问谁呢？我们真不知道该如何是好。

6月25日，下午5点。NHK北九州地方局的新闻大楼。采访组成员聚在一起抱头苦思。越是了解到北原先生所采取的行动，就越是希望能够听到他真实的内心。大家的想法是一致的。

于是，我们提出了一个假设。

也许，不向外界求助的人不止北原先生一人。如果还有其他无法开口寻求帮助的人，那是不是就可以了解到北原先生当初的心理状态了呢？这终究不过是一个假设。可是，真有那样的人吗？

有没有可能，我们只是在追踪一桩39岁孤独死的特殊案例？

这会不会单纯只是一个人的故事？我们心中充满了不安。可是，已经没有时间让我们去烦恼了。先行动再说吧。我们采访组心意已决。想要更深入了解北原先生的心情——这种渴求驱动着采访组继续走下去。

“为什么不能寻求帮助？为什么没去寻求帮助？”

急速增加的“三十代”流浪汉

从号称城市玄关口的JR小仓站步行大约15分钟，便是年富力强的公司职员们交错往来、位于福冈县北九州市市中心的胜山公园。这周围都是文化设施和大型商业中心，一到休息日，到处都是出来游玩的家庭和约会的年轻情侣。

NPO法人“北九州流浪汉支援机构”在隔周的星期五会在这个公园里免费分发食物。分发的食物是志愿者亲手制作的便当和味噌汤。我们之所以来到这里，是要见一位男士。2009年6月26日，晚上7点。我们要拜访的，是NPO法人“北九州流浪汉支援机构”的代表奥田知志先生（45岁）。与其说是拜访，不如说是求助，或许更为贴切。

“晚上好。一直承蒙您照顾。今天是要做什么采访吗？怎么了？”

迄今为止，我们曾在新闻报道或节目中多次采访奥田先生。奥田先生是成立这家NPO团体的中心人物，一直在北九州市内从事流浪汉援助工作。从全国范围来看，也是很早之前就开始进行流浪汉援助工作的先驱性人物。他平时在基督教的教会做牧师，一边做牧师，一边帮助那些流浪街头的人，如今已经帮助超千人重新自立。他参与这项活动已经超过20年。

我们拜访奥田先生，是因为觉得或许能够弄清楚身陷窘困状态的人到底抱有什么心态。也许我们能了解到更多的内情。也许我们能认识一些北原先生那样的人。不，肯定能遇到那样的人。我们心怀期待来到了这里。

我们正想跟奥田先生说明此次采访的目的。

然而，在我们开口之前，远超我们想象的事情已经发生在眼前。

晚上8点。例行的食物分发开始了。这一天分发的是有炸鸡块的便当和猪肉酱汤。便当每次都是志愿者亲手准备的。分发的不光是食物，也有衣服、鞋子等日常必需品。感冒药、胃药等也在分发之列。

我们采访组大吃一惊。前来领取免费分发物资的流浪汉排起了超过百人的长队。不仅如此，看上去明显还很年轻的人也赫然在列。目不转睛地盯着别人的脸看总归有点不好意思，可在这条超过50米的流浪汉队伍中，确有看上去不过二十来岁、三十来岁的人正迫不及待地等待免费分发的开始。

“奥田先生，竟然有这么多年轻人，我们有点诧异啊。”

“是啊，我感觉每次人数都有所增加呢。去年年末的时候，二十几岁、三十几岁的人倒是一个都没有。可现在，每次做活动都会有新的面孔加入。有点异常啊。”

在免费分发的现场，“三十代”流浪汉正在急速增加。奥田先生告诉我们，在雷曼冲击之后，人数明显增加了。年轻流浪汉的增加不仅仅是东京、大阪这样的大城市所面临的问题，在北九州这种地方城市中也出现了。

“我们在免费分发活动之后再谈。很抱歉，麻烦你们等我一下。”

奥田先生丢下这句话，就跟年轻的流浪汉挨个攀谈起来。

“小兄弟，看上去很年轻啊。多大了？”

“32岁了。”

“32岁啊。如今住在哪里啊？”

“平时就在公园里过夜啊。手头上稍微宽裕一些的时候，会去网咖。”

“工作呢？”

“如果有日结的临时工作会想办法争取到。可是现在基本上没有。所以手里一点都不宽裕，每天就在街上闲逛消磨时间。”

“今天的话，活动之后打算怎么办？在哪里睡？”

“回头再说。我还没决定去哪儿。就东游西逛吧。估计是在公园吧。”

这名男性，32岁。

以派遣制员工的身份在汽车工厂工作。遭遇了所谓的“派遣合同期满”，同时失去了工作和住所。他被解雇时手头上只有不到20万日元，就这样精打细算，过着风餐露宿的生活。当然，仅这点存款，马上就会坐吃山空。于是，他靠着日结工资的搬家的工作勉强填饱肚子，或是露宿街头，或是住在网咖里度日。

男子去过HelloWork职介中心不止一次，却没能找到工作。

“不论什么工作都可以。我什么要求都没有。真的很想工作，做什么都可以。现在不是挑三拣四的时候。一个不小心，我怕是连饭都吃不上了。”

这名男子丢掉工作已经有小半年了。不光是通过男子的言语，从他的表情中我们也能感受到对不尽如人意的现实的无奈。

“我搞不好——哪怕不是明天——一个月或者两个月之后，根本不知道会变成什么样子。也许到时候早就死掉了吧。可是，我真不愿那么想。”

为什么会变成今天这个样子？——男子满脸悔恨地喋喋不休。

奥田先生挨个儿跟三十来岁的人打招呼。

接下来的这名男性33岁。同样没有工作。

“我很努力地去求职，可是找不到工作啊。就算有，也是一周一次，只有日结的工作。根本活不下去啊，靠这种工作。”

这天，来到免费食物分发点的二三十岁的流浪汉足足有十多人。

“能来的人还算是好的哦。毕竟我们还可以跟遇到困难来这里的人进行交流，也可以对其进行援助，这还不算最坏。最近成问题的，是连领取免费食物都不来的那些相对年轻的一代，也就是‘三十代’流浪汉啊。即便这次来了，也是昙花一现，之后再也不见踪影的人非常多。”

奥田先生的话让我们大感意外——有些流浪汉并不会在免费食物分发点露面。奥田先生接着补充道：

“拒绝这种帮助、无论怎么呼吁也不来寻求帮助的流浪汉如今是相当多啊。尤其是二十几岁、三十几岁的年轻流浪汉更是如此。这是如今排在第一位的问题。我们也很困惑，不知该如何是好。到底怎么做才好呢。”

我们正在寻找的“无法开口求助的‘三十代’”正好就在那里。

融入街角的流浪汉

不主动寻求帮助的“三十代”流浪汉在增加。真的存在那样的人吗？我们采访组也是半信半疑。

面对我们无论如何也要听听这些人想法的请求，奥田先生爽快地答应让我们随行采访。奥田先生开始了“夜巡”工作，跟这种年轻一代的流浪汉搭话，呼吁其跟自己一起努力，重新回归生活正轨——也就是积极地介入不去寻求帮助的流浪汉的生活。

晚上10点。奥田先生的夜巡开始了。首先，奥田先生赶往的，是通往小仓站的商店街。

奥田先生突然跑了起来。貌似发现了什么人。我们赶紧跟上。接近那名男性后，奥田先生放缓速度，目不转睛地观察男子的举止。男子身穿半袖衬衫、短裤，背着一个深蓝色的旅行背包，看上去完全不像是流浪汉。似乎是看破了我们的疑惑，奥田先生开口说道：

“我觉得，那个人绝对是个流浪汉。我过去稍微打个招呼看看。你们也跟着过来吧。”

说罢，奥田先生走到了男子身边。

“不好意思，晚上好。您是来旅行的吗？”

“不，不是。”

“要是我认错了，还请多多包涵。其实，我是在北九州市从事流浪汉援助工作的NPO团体的法人代表。我们在分发便当啊衣服之类的，如果需要的话，您要不要领取一些？”

“啊，是这样啊。没关系的，嗯。”

“您到这儿是来旅游，还是？”

“嗯，啊。总之，我没事。”

奥田先生继续提问。

“要是您不介意，能给个机会我们谈谈吗？”

“啊，我赶时间。不好意思。”

“是吗？一点点时间就够了。”

男子口气强硬地说道：

“对不起。我赶时间！”

说罢，男子便匆匆离去。可是，远远看着他的样子，似乎也并没有确切要去的方向。

奥田先生告诉我们：

“这一两个月以来，被这样拒绝的情况连续不断。乍一看根本看不出来是流浪汉吧？不过，凭我20年的经验就能一眼看破。只要看看他的脚下。是鞋子，鞋子。一定会脏得很厉害。因为只是一味地走，一味地走，在街上游荡，鞋子破掉的人很多。但他们都很注意穿着及发型，所以你不会意识到他们是流浪汉。这就是跟以往的流浪汉不同的‘三十代’流浪汉的特征。”

奥田先生断言这位自称三十来岁的男性肯定是流浪汉。在街头游荡的流浪汉无处可去，所以视线总是会游来游去。这是他们的特征。而且，由于睡在公园里，鞋子总是会发黑，污渍会渗进鞋面，脏污的状态跟普通鞋子有所不同。

原来是这样啊——我们还来不及惊讶，奥田先生马上锁定了应是流浪汉的另一名男性。我们即刻赶了过去。果然，一点都看不出来是流浪汉。只是，他的鞋子的确是污损得很厉害。

“晚上好。要是我认错了，还请您原谅。我们是志愿者，现在在街上巡视。想着如果遇上那些没有工作或住处、生活有难处的人，兴许能帮得上忙。”

“啊，哦。”

“如果您还没有吃过饭，我们在免费分发食物，您要不要来一份？”

“啊，是这样啊。那我就恭敬不如从命了。麻烦您了。”

正如奥田先生想的那样，这名男性的确是流浪汉。31岁。

“我们也会提供工作上的建议，为没有住处的人介绍工作，我们谈谈好吗？”

“啊，不用了。我先领份便当就行。的确，我现在没有住处，也没有工作，不过没关系。我自己会想办法的。”

果然还是拒绝。除此之外，他再也没有说自己的事情。男子接过便当，仔细地塞进了包里。从缝隙处，我们隐约看到了塞在里面的脏污的T恤。

对这类一眼看去根本不像是流浪汉的相对年轻的二三十岁的流浪汉，奥田先生自己也没什么经验。一直以来，所谓流浪汉，多是五六十岁，从穿着就能一眼看出是流浪汉。可是这两三个月来，情况发生了变化。

“二三十岁的流浪汉聚集的场所另外还有好几处呢。要不要去看看？”

奥田先生带我们去的下一个地方，又让我们大跌眼镜。

无处可去的流浪汉……

深夜1点。街上一个人影都没有。

先前遇到男子的商店街的店家也都落下了卷帘门，餐馆的垃圾星星点点地摆在路边。

其中，灯火通明的地方，就是我们接下来要去的地方。是快餐店。

奥田先生跟店家打了声招呼，环视席间。店里有直到深夜还在喝酒聊天、等待次日早班车的年轻人，有正在学习的大学生。其中，还有一些低着头、像是已经入睡的年轻人。

奥田先生上前说道：

“不好意思，打扰您休息了。我接下来要说的话可能会非常失礼，如果说错了还请多多包涵。我们是旨在援助那些没有工作或住处的人的社会团体，您今天要在这里过夜吗？”

“嗯，是的啊。我没有住的地方啊。”

又是“三十代”流浪汉。居然会如此频繁地遇到，这远远超出了我们的想象。

对过着流浪汉生活的人来说，24小时营业的餐馆可谓是最佳场所。只需要买一杯100日元左右的咖啡，就能待到“天长地久”。尽管不能躺下睡觉，要熬过接近30度的北九州这炎热的夜晚，这里绝对是无可挑剔。虽然不能消除疲劳，却能够让身体得到充分的休息。比起睡在湿漉漉的室外，这里真是好太多了。

要是一身流浪汉的穿戴长时间坐着，店家无论如何也会过来询问情况。可是，年轻的流浪汉们掩饰得很好，根本就看不出来。店家也表示不好贸然开口，不知道该怎么办，甚是烦恼。

网咖也出现了同样的情况，跟快餐店的状况毫无二致。“三十代”流浪汉一个接一个地出现。从深夜到清晨，就算待上整晚，费用也就只需1 200日元左右。

在网咖里可以坐在椅子上睡，也有能够伸直腿躺着睡的卡座。当然，卡座很窄，勉强能翻个身，睡着也非常硬。即便如此，能够不用在意别人的眼光睡一觉就很棒了——某个流浪汉说道。最可怕的，是在公园露宿的时候战战兢兢生怕遭到偷袭的不安。一旦有脚步声逼近，仅是如此就再也无法入睡。相较而言，不足1米宽的网咖的狭窄空间已是极度奢侈了。最近的网咖还配有淋浴。对流浪汉来说这里就是家一般的存在——真是个令人悲伤的事实。

奥田先生注视着对方的样子，叹息道：

“不管怎么说，街上的人根本察觉不到他们是流浪汉。他们自己也不想被别人当成流浪汉，更不愿意承认。而且，他们手头上都有少量的钱。为什么这么说呢？他们自己会去找日结的工作，以此勉强度日。一个星期能挣几千日元。因此，虽然他们还没有余力住进公寓，让生活重新步入正轨，却也并非完全露宿街头。处于两者之间吧。因此，他们不会马上向我们寻求帮助。真的，我们也是非常苦恼。”

总是乐观开朗的奥田先生的神色也暗了下来。

没有回应的信

面对不主动寻求帮助的“三十代”流浪汉，奥田先生并非只是作壁上观。奥田先生总是随身带着一样东西。那就是信。他总是在腰包里塞上十来封信，这些是要交给流浪汉的信。信的抬头是“致亲爱的你”。信里是这样写的：

“也许，今夜你没有工作，没有归处，正为此不知所措。念及此，我们来到了你的身边。在这艰难的日子里，你一定很辛苦吧。但是，那并不是你一个人的错。不，也许你正因为与你完全无关的事情而受尽苦难。”

信上继续写道：

“我们是为了那些在北九州市无处可去的人、正不知所措的人、不得不在街头或公园里度日的人而生的团体。我们可以倾听你的故事，可以帮忙寻找住处和工作，帮忙申请生活保护。我们是NPO法人北九州流浪汉支援机构。我们能做的事情极为有限，也不可能马上解决你面临的所有问题。”

信的结语是这样的：

“但是，不论如何，我们想要告诉你：你并不是一个人。我们愿意同你一起去思考，一起去烦恼。我们想要告诉你，不管黑暗有多深，哪怕你已经深觉前途无望，现在放弃还为时过早。”

信上留有奥田先生自家的电话号码，写着随时可以接听电话。除了信之外，还附了一张500日元面额的电话卡。

奥田先生大概从半年前开始特别留意，将这封信交给“二十代”[①]“三十代”流浪汉。到目前为止，他已经递出了上百封信。这是封满载着温情的信。可是，说起这封信，奥田先生的话意味深长：

“出乎意料，没有反应。可以说是毫无反应。电话就来了一次，仅此一次。信上也写着免费分发食物的日程安排，他们也不露面。为什么？到底怎么了？到底是什么让他们

---

① 年龄在20岁到29岁之间的人群。

犹豫不决？在我看来，这很明显就是流浪生活啊。”

递出的信石沉大海。我们也只有吃惊的份儿。在我们看来，信笺上的字字句句直截了当地传达出了奥田先生的心情。为什么他们对这样的真情实感毫无反应呢？我们百思不得其解。

“或许，他们觉得被从事流浪汉援助工作的志愿者搭话本身就很丢人吧。怎么说呢，觉得自己目前的状况很是丢人现眼，也许就意味着要承认目前的状态，也意味着要将自己脆弱的一面暴露出来吧。”

奥田先生对我们如此说道。为什么不去寻求帮助呢？我们心中又生出了新的疑问。

经济恶化与“三十代”群体

在采访过程中，一个爆炸性数字被发布了出来。根据总务省[①]的调查，2009年8月，“三十代”群体的失业人数竟然达到了80万人，较去年同比增加了31%，雇用环境变得极其严峻。

而且，与此同时，有效招聘倍率还在持续下跌。2008年8月是0.86倍，之后持续下跌，到了2009年8月，已经降至迄今最低的0.42倍，陷入异常局势。“三十代”群体面临的状况变得更加艰难（参照图表①）。

本来，如今的“三十代”跟其他年龄段人群相比，人

① 日本行政机构之一，负责管理行政组织、公务员制度、选举及政治资金、信息通讯、邮政等。

图表① 有效招聘倍率

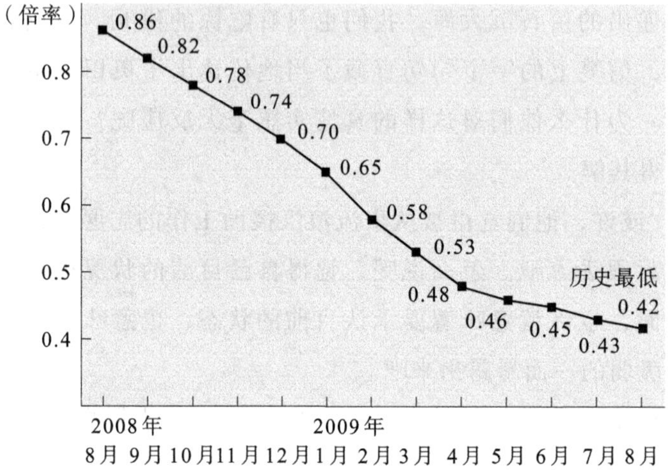

（据厚生劳动省调查）

口之多已不容忽视。“三十代”群体的人口有1 818万人（参照图表②）。

图表② 各年龄段的总人口（2010年）

10—19岁	1 199万人
20—29岁	1 427万人
30—39岁	1 818万人
40—49岁	1 650万人
50—59岁	1 655万人
60—69岁	1 801万人
70—79岁	1 283万人

（据总务省调查）

同代人的人口数量多，意味着学生时代要面对升学竞争，求职期也要面对前所未有的恶劣的经济环境。

这一代进入社会求职的时候，正赶上所谓的就业冰河期。其中，在此次采访中有非常多的人无法成为正式员工，不得不选择非正式雇用的工作。还有不少三十多岁的人告诉我们，虽然曾经是正式员工，但阴差阳错丢掉了工作，也只能靠非正式雇用的工作维持生活。他们必须要面对这样的残酷现实。

根据总务省的调查，2009年，30岁至39岁的劳动人口中，非正式雇用劳动者有327万人，约占整个“三十代”群体的25%。通过数据，我们可以知道，每4个劳动人口中就有1人是非正式雇用。

即便如此，还是会有人觉得，工作只要去找就肯定能有。事实上，我们采访组中也出现了这种意见。

不过，有专家指出，这种想法不过是种根性论[①]。这名专家是首都大学东京的冈部卓教授。冈部教授长年以来一直在研究生活保护和贫困问题。他有着作为社会工作者在现场工作的实际经验，也是厚生劳动省生活保护相关的委员会委员，是雇用和贫困问题方面的专业人士。

“这是雇用幻想。工作只要去找就会有，这只是单纯的希望，不过是期待如此罢了。其实，老实说，根本就没有工作机会。看数字，一目了然。而且，到了30岁的年纪，找工作会更难。如果是兼职，雇用更加年轻的‘二十代’对雇主来说，说得难听点，也会更好用。三十几岁去找工作，若是不具备那个领域的技能或经验，很容易在面试中

① 日本长久以来所崇尚的精神论的一种，认为只要有不屈服的韧性（根性），什么问题都能解决。

被刷下来。雇主也是无暇他顾。”

冈部教授表示，“三十代”是被正式雇用推开的一代。身处就业冰河期，进入社会的时候不得不从事非正式雇用的工作，不得不频繁换工作，因此，也很难掌握工作技能。

于是，便陷入了工资越来越低的恶性循环。

“周围的人说你还年轻，还能工作，那本人也会如此认为。有效招聘倍率是多少？是否具备就业资格？是否具备特别技能？——人们丝毫不去分析这些因素，只是一味认为只要拼命努力就会有工作，就能找到工作，这种想法是非常危险的。”

冈部教授不断跟我们强调，一定会有工作的想法就是雇用幻想。

不断增加的“三十代”自杀者

接着，冈部教授对这种无法向外界寻求帮助的年富力强的一代不断陷入窘境的状况做出了如下的分析，并发出了警告：如此下去将可能引发更大的问题。

该状况可以用三个词来概括：“脱社会”“非社会”“反社会”。

①“脱”社会（自杀等）

②“非”社会（成为流浪汉）

③“反”社会（犯罪等）

①“脱社会”是指感觉自己在社会中失去了存在的位置，陷入绝望。比如，酗酒、沉迷赌博、吸食毒品等脱离

社会正常生活的行为。最具有代表性的，就是“自杀”。

让我们将目光投向现实，“三十代”人群的自杀人数在急速增长。根据警察厅的调查，“三十代”人群的自杀人数在2008年是4 850人，为历史最高。2009年也达到了4 794人，跟10年前相比有大幅度增长（参照图表③）。事实上，“三十代”人群的自杀增长率在所有年龄段中是最高的。

图表③ “三十代”人群的自杀人数

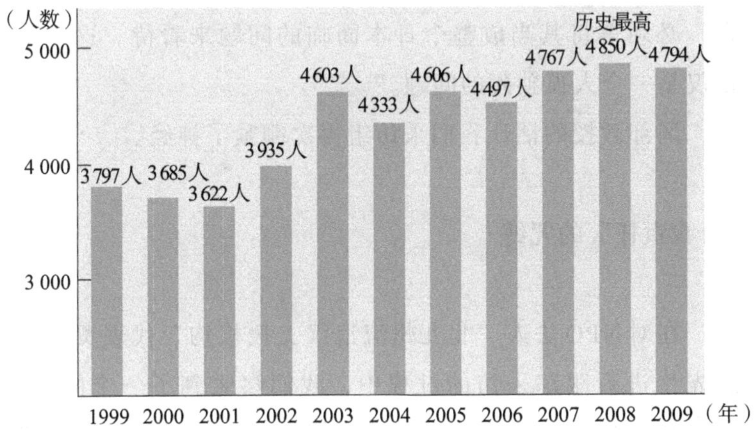

（据警察厅调查）

②“非社会”是指失去了牵绊，失去了社会性，由此沦为流浪汉。

③“反社会”是指跌入犯罪的深渊——只要自己好，其他人都无所谓，或者为了生存而不得不走上犯罪的道路。

冈部教授补充道：

“孤独死的北原先生就是①这种情况吧。硬要说的话，或许也能算是‘慢性自杀’。也许是绝望了，实在没有办法了。哪怕不是自己动手，也是不知道如何是好，完全看不到未来吧。身陷漩涡的他也许是没能找到活下去的希望吧。”

冈部教授如此评价北原先生的案例。然后，继续说道：

“经济环境继续恶化，生活穷困人群不断增加的话，状况②的流浪汉中也可能会出现选择①‘脱社会’而自杀的情况。此次，孤独死碰巧发生在九州，可不得不说，同样的问题在全国任何一个角落都有可能发生。预备军大批存在，必须得将其当成整个日本面临的问题来看待。这并不仅仅是一个人孤独死的问题。”

冈部教授的话让我们采访组再次绷紧了神经。

“自我责任”的咒缚

在对NPO法人“北九州流浪汉支援机构”代表奥田知志先生进行跟踪采访的过程中，我们察觉到了一个问题。那就是，数量极多的人抱有强烈的“自我责任”意识。我们刚开始夜巡不久就察觉到了。JR小仓站有一条地下通道。这是一条近100米的地下通道，南北贯穿车站。站在通道的入口处，映入眼帘的是无处过夜的流浪汉们席地而睡的画面。数量之多，令人惊讶。大家都与旁边的人保持着微妙的距离，各自躺着，七七八八分布在通道的左右两侧。从躺在那里的男性们跟奥田先生的对话中，我们察觉到了一些东西。

“晚上好。不好意思，打扰您休息了。您看上去很年轻啊，多大了？”

“32岁。”

“有工作吗？”

“做日结的零工吧。”

“我们是援助流浪汉的团体。”

“啊，没事的，没事的。多谢关心。我自己会想办法的，没关系的。”

奥田先生马上又跟旁边看上去三十来岁的男性聊了起来。

“晚上好。不好意思啊，打扰你睡觉了。我呢，叫奥田，是从事流浪汉援助工作的社会团体的工作人员，小兄弟，能告诉我你多大了吗？”

“31岁。”

“31岁！真年轻啊！我们是帮助流浪汉的团体，我们能聊聊吗？”

男子的表情很僵硬。

“我们可以帮忙寻找住处和工作，想请你加入我们，看看能不能考个资格证书，找到工作。你对这个有兴趣吗？”

“不，没有耶。”

“我认为自己一个人去努力是非常棒的，可是啊，这20年来我看过太多的人和事，一旦像你这样流浪在外，很难找到正经工作的。就干个一两天，又没有工作了。我们好好聊聊吧。”

奥田先生细心地充分照顾到对方的情绪，字斟句酌地问道。

"不了，我自己可以的。我会到网咖之类的地方去，然后外出工作，我可以自力更生。没关系的。"

果然，这名男子也没有回应奥田先生给予帮助的提议，甚至可以算是断然拒绝。真有些想不通。于是，我们决定再跟这名男子聊一聊。

"不好意思，我们是NHK电视台的。刚才谈话时我们也在场，能跟您再聊聊吗？"

男子一脸无奈，介绍了自己的情况。他来自熊本县，一个月前到北九州市找工作。以前，他从事的是土木相关的行业。

他本来是住在公司宿舍的，但是经济不景气，没有工作项目，便不得不辞职。他现在偶尔也会在网咖过夜，勉强度日。这名男子已婚。妻子娘家是有地方住的，可是他没有工作，没办法养活家人，便不再回家，睡在这座车站的通道上。

如果是这种状态，完全可以接受奥田先生的提议。为什么要拒绝呢？我们不禁问道。

"也没什么好跟他们征求意见的。就自己想办法吧。落到这步田地，都是我自己的责任。所以没什么好说的。仅此而已。"

自己的责任。这句话深深戳中了我们采访组的心。自我责任。我们采访组的组员也都是三十几岁或接近三十岁。在迄今为止的人生中，我们一直被强行灌输自我责任的概念。不光是这名男子，我们此后也多次听到这句话——"这是自己的责任，我会想办法的。"

奥田先生也在一次次的夜巡中，遇到三十几岁的人，意识到“自我责任”这四个字正是“三十代”人群的群体象征。

“他们真的被逼得走投无路了，可还觉得自己可以努力，也确实在努力自力更生。这可能是他们自己的执念，可我觉得这是社会造成的。社会一直在强调自我责任论。这个社会一直在说是‘自己的责任’啊。这十几年来一直如此。所以，就算真的很辛苦，这也是自己的责任。自己不得不这么想，不就是这个社会逼你这么认为的吗？”

无法向家人开口说“帮帮我”

另外，我们在一同进行夜巡的过程中，又察觉到了一个我们完全没有预料到的想法。那就是，不想让父母担心。

最初察觉到这种想法，是因为一名34岁男性的话。那名男子也是，怎么看也不像流浪汉。黑色的T恤，白色的衬衫，外加米色长裤。无论如何也看不出是流浪汉，甚至更像是个穿着时尚的年轻人。

男子34岁，露宿街头已经有3个月了。

这名男子一周会去HelloWork 4趟，却一直都找不到工作。同样的，他也住在公园或网咖，努力想要找回原本的生活。

男子说至少会保证衣着整洁，尽可能清洗衣物，注意保持发型，不希望被人察觉出自己是流浪汉。

男子露宿街头的地点，就是从小长大的家乡。在从小玩到大的街头，他如今却过着流浪生活。当然，遇到同学和朋友的可能性很大。男子白天尽可能待在不显眼的公园消磨时间。如果遇到什么熟人，就必须得开口交谈，如此一来，就可能会被问到近况。他说这真的很让人害怕。到了晚上，他才敢走上街头。

接着，他说出了让我们惊讶的话。

“父母估计做梦都想不到我会丢了工作，流落街头吧。我根本没跟他们提过，只跟他们说我在外面干活呢。”

男子并未向父母坦白自己如今的生活状态。

男子接着说道：

“我不想让他们担心。而且，就算是跟父母说实话，也解决不了问题。如果我的生活重新步入正轨，或许会跟他们说自己曾经露宿街头，就当是小小的回忆。我是不想让父母担心的。还是自己努力吧。”

我们遇到了很多跟这名男子一样，没有跟父母坦白自己沦为流浪汉的人。不想让他们担心、父母也没有余力养活经济困难的自己，这样的声音也不绝于耳。

对家人隐瞒，自己尽力想办法的身影跟孤独死的北原先生的身影重合在了一起。

Homeless和Houseless①

对于这种无法依靠家人的状况，奥田先生用某种象征

---

① 直译为“无家”和“无房”。

性的词汇来描述："Homeless"和"Houseless"。

所谓"Homeless"，是指在家人、朋友、地域、职场等各种各样的普通生活场景中，所有社会关系完全丧失的状态。奥田先生表示，与人相遇、产生关联本身便是Home。

而对于"Houseless"，奥田先生则定义为没有钱、没有房子、没有衣服和食物等经济上的、物理性的窘困状态。

奥田先生提到，即使沦落到露宿街头，也无法跟父母、手足明说，无法回到父母身边的"三十代"正在急速增加，这其实就是明明有可以回去的场所，有Home，彼此之间的牵绊却切断了，关系变得淡漠了，像这样身陷Homeless状态的人增加了。

即便帮助这些"三十代"的人找到住处，也不过是结束了Houseless的状态，问题并没有得到解决。

"一直以来，我们所遇到的流浪汉实际上都是没有家人的群体，是父母也都已经过世的群体，是五六十岁的中老年流浪汉群体。但是，我们如今实际面对的'三十代'群体父母尚在，一般来说，他们应该在父母护佑下暂时过渡，寻找生活重启的机会。但事情并没有那么顺利，这是个很大的问题。是因为父母也没有余力，还是亲子关系的问题，目前还需要进一步观望。只是，无论如何，有困难就回父母身边——这种单纯的解决方式并不适用于这一代。"

奥田先生说着露出一脸困惑。然后，接着说道：

"到底该怎么办呢？这是个没办法求助的时代。该怎么办呢？"

该怎么办呢？从奥田先生这不断重复的话语中，我们感受到了他有着20多年援助工作经验也难以解释的困惑，以及难以说出口的时代之痛。

正确的假说

距离我们开始围绕北原先生孤独死事件进行采访，已经过去了一个半月。通过采访，我们发现，我们建立的假说——像北原先生这样经济窘迫却无法开口求助的人或许大有人在——是正确的。而且，我们也发现，与北原先生处于同样年龄段的“三十代”群体不愿向外界求助的意识非常强烈。

而且，他们也不会跟家人、朋友就自己的处境进行交流。事实上，NPO等团体就算是伸出援助之手，他们也会顽固拒绝。他们脱口而出的，都是“沦落到这个地步是自己的责任”“自己会想办法”。

我们感觉稍稍走近了离开人世的北原先生的内心。

可是，心里一点都不畅快。

因为，我们由此生出了一个疑问：为什么会沦落到连求助都说不出口的地步呢？我们未能遇到愿意对我们倾吐那种心境的人。我们想更加深入地了解“三十代”人群的内心。采访组又生出了新的疑问。然而，日子一天天过去，我们却无论如何也找不到答案。

对奥田先生的跟踪采访已经进行了3个月。我们遇到了一名男性。与这名男性的相遇，成为了确立节目今后方向的转折点。随着与这名男性的深入交谈，我们进一步触碰到了“三十代”人群的内心深处。

无法开口求助的“三十代”，在他们身上，是始终背负着社会扭曲带来的重担的全体“三十代”人群的缩影。

第三章 “什么不对？是自己不对”

——32岁的“帅哥”流浪汉

田边干夫（NHK北九州地方局　记者）

年轻人开始出现在免费食物分发点

星期五晚上7点，即将开始免费分发食物。我们来到了NPO免费分发食物的胜山公园。夏至将近，周围还一片明亮，装满了必要物资的客货两用车抵达公园。先行来到公园的志愿者们互相喊着口号开始搭帐篷。就像是瞅准了时机一般，流浪汉们开始从四处聚集过来。人数大概是30到40人。有五十几岁的、六十几岁的，还有年龄更大的人。几乎都是男性，中间也夹杂着女性。每个人都被晒得很黑，眉间有着深深的皱纹。从他们的表情能看出，这些人各自都怀揣着不为人知的艰难。也有相识的人在交谈，但几乎所有的人都沉默着，在远处直勾勾地注视着正在有序进行的分发准备工作。相同际遇的人就在身边，可他们一个个只是孤独地等待着食物分发的开始。

货车满载着协助食物分发的教会所准备的便当和盛放猪肉酱汤的锅，开进了公园。外套、长裤等也被摆放在了塑料布上，方便领取的人选择尺码。

晚上8点，在公园里明亮路灯的照耀下，免费分发开始了。

“现在开始免费分发。我们会发放便当，请在这里排队！”

工作人员拿着手持式扩音喇叭吆喝起来。这时，几名看上去明显很年轻的男性开始加入队伍。有四五个人，都才三十几岁。他们的共同特征在于，表面上根本看不出是流浪汉。跟参加志愿者活动的年轻人或工作人员相比较，根本看不出什么不同。

他们就是奥田先生口中的年轻一代的流浪汉吗？惊讶之余，我们决定采访他们，弄清楚他们每个人之所以成为流浪汉的原因。

与“帅哥”流浪汉入江先生的相遇

开始采访免费食物分发大概过了3个月，9月下旬，我们在举行免费分发的公园里遇到了一名年轻的流浪汉。男子抱着一只很大的运动包，在免费分发开始后稍迟一点赶到。他身高大概有170厘米，身材修长，穿着格子长袖衬衫和浅绿色的裤子。虽然不是时下流行的穿着，但是衣着整洁，跟城中的年轻人没有半点差异。晒黑的脸看上去很精悍，但是目光温柔，说不上是哪儿，还透着一点稚气。他留长的刘海中混杂着几缕白发。虽然很难断定其真实年龄，但我们推测应该在30岁左右。他的胡子剃得很干净，鼻梁高耸，脸部线条鲜明，看上去就像是东南亚的电影演员。帅哥，他配得上这两个字。我们上前跟这名男子打招呼。

“您是来领取免费食物的吗？我们是来做采访的NHK电视台。如果不介意的话，可以跟您聊聊吗？”

男子脸上瞬间闪过一丝胆怯。

“可以的。您想知道些什么？”

声线稍高的回应，即便是刚来北九州市不满2年的我也能够分辨出，这独特的语调并不属于北九州市。

总有些顾忌的入江先生

我们在免费分发便当的帐篷对面的嵌入式石垣上并排坐了下来。领好便当的人已经在我们两旁吃了起来。周围一片热闹景象。

男子名叫入江幸平（化名），32岁。独特的语调来自他的故乡，是熊本方言的语调。在远离故乡的北九州市，入江先生大约一个月前就开始露宿街头了。我们觉得他应该很饿了，可入江先生的行为却耐人寻味。

“您还是先去领便当和猪肉酱汤吧。不赶紧去就没有了。”

不管我们怎么催促，入江先生都不去排队。他一直盯着队伍，不断重复说道：“不，我最后去就行。等别人都领好了，我再过去就行。”

本就是为了领取免费食物来的，不可能不饿。是逞强？还是出于其他原因？我们正困惑不已时，NPO的一名工作人员注意到新来的入江先生，将便当送了过来。

“谢谢！”入江先生收下了便当，却并未马上享用，而是准备快步离开。一副不想在此地久留、惶惶不安的样子。

我们在入江先生身上感受到的不和谐，用语言来形容的话，就像是那种“明明需要帮助，却并不积极去寻求帮助”的感觉……身在现场的采访组全体成员感受到了跟离世的北原先生共通的氛围。我们想跟入江先生再多聊一会儿。

“能再多聊会儿吗？”

也许会被拒绝吧。抱着试试看的态度，我们向他提出了跟踪采访的请求。我们提到了对北原先生饿死事件的采访，希望能够让更多的人看到“三十代”人群的生活现状。入江先生最终答应了我们的不情之请。不过，入江先生觉得这里比较招人注意，便将我们带到了自己露宿的公园。

将避人耳目的公园变成生活场所

入江先生生活的公园位于距免费分发食物的地点步行只需5分钟的住宅区。

说是公园，面积却不大，有常见的沙坑和攀登架。这是个边长约10米的细长三角形状的公园，是两条道路呈锐角交错形成的空间。在公园正中央，只有一个带顶棚的圆形长椅。长椅上安装的扶手将长椅分成了几个部分，扶手碍事，不能直接躺在上面。公园入口正对着大路，晚上会有不少车辆驶过，住在附近公寓的人上班、上学也会从公园前面经过。花木丛中蚊虫滋生，根本算不上能安心度日的场所。

入江先生的个人物品只有一个运动包。包里塞的都是长裤、衬衫等衣物，另外还有个简易双肩包。双肩包里装的是贵重物品。说是贵重物品，也不过是印章、电量耗尽的手机、钱包和文具。充满回忆的照片、书信等物品一概没有。手机则因套餐合约期满早就不能使用了。

抱着这个运动包，入江先生在公园长椅上独自一人风餐露宿。

入江先生并非一开始就生活在这里。刚开始流浪的时候，他是住在免费分发食物的胜山公园的。可是，一来有早就住在那里的流浪汉，二来经常会有年轻人晚上去那里，他总是不能安心，过了两三日就来到了这里。的确，这个公园的话，或许是环境不够好吧，并没有其他人睡在这里。此处距离繁华街区也有一段距离，年轻人或醉汉基本不会经过。只要能够忍受蚊虫叮咬和车子的噪音，这里也许算得上是个能够平静度日的好地方。

入江先生为何开始了流浪生活？在这里，我们进入了采访。

离开故乡熊本

1978年，入江先生出生于熊本市一个四口之家，上面还有个大自己2岁的哥哥。他记得父亲好像经营了一家公司。在小学低年级时的回忆中，他模糊记得自己有个幸福的家庭。后来，父亲的公司经营不善，父母离婚。父亲离家出走音讯全无。入江先生和哥哥二人是母亲一手养大的。入江先生的学习成绩不是很好，相较于考入大学，他更希望早些工作让母亲放心，于是他选择进入能够获得厨师资格证书的当地高中就读。

顺利毕业拿到资格证书后，他以正式员工的身份开始在当地的居酒屋工作。这是一份能够发挥其所长的工作。虽然厨房很忙，可是能够学到各种菜式，做起来非常有意义。这时候，他觉得自己的社会人生活顺利开启了。

入职2年后，入江先生成了店里的班长，开始指导部下和兼职人员工作。但是，就如何带部下的问题，他跟上司产生了摩擦，最终辞职。此后，入江先生便辗转从事各种日结工作。

他做过精密仪器制造商的制造器械操作员，也在大型糖果公司做过巧克力。

他也曾有过一时找不到工作，存款见底，露宿街头两三日的经历。可是，二十几岁的时候还是能够勉强应付的。能够勉强度日，单纯是因为自己年轻，还是因为那时候找工作比如今要容易些？不得而知。只是，从结果来看，二十几岁的时候凭着一股冲劲还是维持了正常的生活。身体健壮对他来说，也是一大幸事。

在迎来30岁之前，入江先生又找到了一份正式工作——弹珠店的店员，包住。可是这次，因为工作的推进方式同下属产生冲突，他再次辞职。结果，他回归到不稳定的派遣工作中，去了工厂。2008年，受雷曼冲击的影响，景气急转直下，工厂的业务急速减少。入江先生成了被辞退对象，失去了工作。那之后不久，他便开始了流浪生活。

入江先生无亲无故。不过，北九州市毕竟是个大城市。他觉得，就像二十来岁时那样，“肯定能凑合过下去的”。然而，这次未能如愿。街头生活日复一日，眼瞅着原本就不多的存款迅速减少，已经不足1 000日元了。

二十来岁的时候，他会时不时回老家，边啃老边找工作。可是，过了25岁，入江先生想着再也不能给母亲添麻烦，就从家里跑了出来。自那以后，他再也没有联系过母亲。入江先生告诉我们，母亲肯定以为自己还在努力做着派遣的工作，是忙得没时间联系。

无法对母亲说出“帮帮我”

不必沦落到露宿街头的地步，就像二十几岁时那样再次回到故乡，向母亲寻求帮助不行吗？

面对我们的疑问，入江先生不假思索地回答道：“事已至此，根本说不出口。”他不想让母亲知道自己的现状。

“根本没有信心去跟母亲坦白自己已经沦落到这般田地。至少，等我稍微有了点钱……等自己能请她出去吃个饭，能有资格跟她说‘我要去工作，你自己保重身体’。可是，现在还不到时候。”

为什么？不管孩子多大，父母都会牵挂。如果向他们寻求帮助，肯定会有办法的吧？

“等自己有了相应的地位、能够从容应对的时候，我应该会主动去见她。跟母亲吃个饭，告诉她我这段时间以来的经历，告诉她没见面的这段时间发生的事情。可是，我一直没有那样的从容。事到如今，让我去见她，告诉她我现在的处境？就算是嘴巴裂开我也说不出口的……”

虽然不是“衣锦还乡”，可作为社会人，至少要好好工作，否则根本无颜面对父母。入江先生在心里做了这样的决定。

可是，为什么到了三十几岁就无颜见父母了呢？

“二十几岁时，也有需要向人求助的时候——向母亲、哥哥或者朋友。辞职的时候，就有朋友问我要不要去他那里工作。那时候还是比较轻松的。可是……三十几岁了，已经不是可以逃避责任的年纪了。二十几岁的时候，大家还没什么社会经验，是能够得到谅解的。可是，迈入三十大关之后，孩子气的借口已经不适用了。”

25岁离家以来，入江先生几乎没有联系过母亲。如果想要依靠母亲，还是可以的，但他并不愿这么做。理由是，自己已经30岁了，自己的事情必须要自己解决——入江先生不断跟我们这样解释。

即使无法向母亲求助，请好朋友帮帮忙也不行吗？入江先生给我们的回答是干脆的“不”。

“没有工作、没有住处、没有钱。以这种状态寻求帮助，对朋友来说，就是百分之百的负担。绝对不能那么做。”

就算是负担，既然是朋友，也是可以去寻求帮助的吧？

“这个……友谊可以说是种双向的关系吧。现如今，只是我单方面去依赖对方，如果朋友遇到困难，我根本无力提供帮助。单方面要求对方提供帮助，只会成为自私的人与人之间的牵扯，我觉得绝对不可以这样做。”

入江先生坚决主张，必须得是对等的、互惠互利的关系，否则朋友关系将不复成立。如今，自己没有能力给予朋友什么，也就不可以向朋友求助。这就是入江先生给出的结论。

比起回老家，宁愿选择住网咖

“事到如今，‘帮帮我’这种话根本说不出口……”

小声嘟囔着，入江先生从钱包里拿出一大把网咖的会员卡。有全国连锁店的卡，也有本地店的卡，得有十张以上。有钱的时候，他会把网咖当成酒店住。这里还有淋浴，比24小时桑拿或胶囊旅店都要便宜。他选择的是2 000日元就可以度过夜晚8小时的“夜间套餐”。

入江先生熟知打折机制以及各家店在服务上的差异。去哪家店最划算，在哪一天有哪种折扣，他可谓是门清。

去网咖的时间也有诀窍。夏夜里气温高没什么问题，可到了冬天，如果在太阳出来之前耗光8小时，就会被赶出来暴露在寒空之下。为了避免这种情况，他会在快餐店里尽量待到夜里12点，以保证可以在网咖里待到早上太阳完全出来的时候。走出网咖，便可以沐浴在阳光下升高体温了。

就算这样，入江先生也顽固地拒绝将自己的实情告诉家里。网咖的会员卡对他来说，每一张都担负着助他安度寒冷冬日的重要职责。可是，当最关键的存款见底后，会员卡也派不上用场了。

听了无法向父母、手足开口求助的入江先生的话，我们脑海里浮现出了连求助的书信都未能递出的北原先生。即便在这种境况下，入江先生在我们面前也丝毫未提到“辛苦”“痛苦”等字眼，只是一直重复说着“这是自己的责任”。

虽然我们还想与他做更加深入的交谈，可时间已经快到深夜12点了。今天就暂时到这里，希望明天可以对入江先生进行全天的跟踪采访——我们厚着脸皮提出了请求，准备离开。

离开时，已经开始做入睡准备的入江先生穿上了长袖的运动服防止蚊虫叮咬，蜷缩着将身体嵌进了长椅扶手之间的狭窄空间。而当我们将采访时设置的相机收拾妥当的时候，也许是太累了吧，他已经响起了鼾声。为了不吵醒入江先生，我们静静地跟他告别，离开了公园。

入江先生的真实内心……

采访首日看上去很顺利地结束了。可是，我们有一个很大的疑虑。那就是，入江先生会把真心话告诉我们吗？

这种过多涉及对方隐私的采访经常会被采访对象拒绝。因为对接受采访的一方来说，根本没有任何益处。自己一整天的行动是隐私，却被暴露在光天化日之下。而且，完全没有金钱上的好处。对于这种采访，我们没办法以演出费的名目付费给对方。若是这样做，采访对象可能会为了不引起我们的不快而专挑些好听的话讲，这是有点危险的。即使不会出现上述情况，以在电视上播出为前提进行采访，根本没办法保证采访对象说的都是真心话。本来，对方是不是说了真心话，我们也完全没有办法去确认。

尤其是自己的弱点、不愿示人的部分，和盘托出的可能性微乎其微。通往真心话的屏障，不论怎么努力都是很难跨越的。

很多人都不愿意讲述对自己不利的事情，也不想把自己不体面的一面示人——我们是在这个前提下进行采访的。对方如今的感受如何？感到羞耻，绝对不会对人言说的真心话究竟是什么？——我们抱着这些疑问，站到了对方的面前。在跟入江先生接触的过程中，哪怕有短短一瞬间能够听到他的真心话，我们也就心满意足了——就这样思来想去之间，我们决定继续采访。

多亏了对方的配合，才有了这次的采访。他要将自己的隐私暴露在突然出现的陌生人面前。而且，面对我们的鲁莽请求——用摄像机记录下他的生活，在电视上播出，入江先生爽快地应承下来。

后来，我们向入江先生问起第一次见面时的情形，他剖析了自己当时的内心——“露宿街头已经有一个月了，一直都没能跟人好好说说话。说真的，有人跟我说话，我真的挺高兴的。”

总之，我们对接受采访的入江先生表示了感谢，继续采访。他到底能坦白到何种程度，接下来才是真正的关键。

入江先生不向住在熊本的母亲求助，而是选择了这样的生活，原因何在？为了能够找出原因，我们开始了第二日的采访。

两天只吃了一个点心面包

次日，我们再次来到了入江先生所生活的公园。马上要进入10月了，正值换季。白天很热，一动就会出汗，可晚上天凉，不当心就可能感冒。

“晚上会醒好多次，还差点被蚊子吃掉。”

话虽这么说，可跟昨天一样，入江先生脸上仍然没有任何感到辛苦或者痛苦的样子。在学生时代，我穷游的时候也曾经在车站前的路边铺上报纸，点着蚊香度过漫漫长夜。还记得那时候特别惊讶，原来露宿街头这么受罪。稍微有点动静也会不放心，马上就会醒过来。地面坚硬，无法随意翻身，早上起来的时候浑身就像锈住了一般，关节咔咔作响。

区区一天的旅行就已经是这副样子，可入江先生却一直处于这种生活状态。是习惯了？还是在苦苦忍受？我不知道。整整一个月露宿街头，入江先生的身体竟然无恙，也是挺不可思议的。

入江先生先去了公园附近的便利店。在食品货架那儿转了一圈，又在杂志角稍微兜了一下，就马上走了出来。

也就短短两三分钟的时间。这是不是有点太快了？我们向入江先生提出了疑问。

您在便利店里做什么了？

“只买了一个面包，然后看了下免费的招聘信息。”

只吃一个面包吗？

“两天吃一顿，吃一个面包吧。每次我都买同样的东西，是100日元左右的菠萝包。两天一次、一次‘拿出100日元’，差不多是这样。”

就吃这些肚子不会饿吗？

“掰成两半，慢慢品尝。只有觉得意犹未尽的时候才会全部吃掉。如果不慢慢品尝，就没有吃过东西的感觉。充分活动上下颌才能有进食的实感。”

说着，入江先生将买来的面包小心翼翼地塞进了运动包里。他将自己的运动包放在店门口，空着手进去的。一般来说，装着全部身家的运动包不带在身边会非常不安吧。他却将片刻都不可以离手的运动包放在了店外。为什么？他的理由令我们深感意外。

“带着这么多行李在店里走来走去，我觉得对其他客人不太好。买东西的人、站在那儿翻杂志的人要是看到脏兮兮的包，肯定不会有好心情吧。看到我拿着这样的包在店里，不会有好印象吧。”

您是不想被别人当成流浪汉吗？

“身上有气味，或是外表脏乱、头发乱蓬蓬的话，被人当成流浪汉也是无可厚非的。所以我会尽量跟人保持距离，避免让别人产生这种想法。去便利店的时候也会从远处观察有没有人，如果人多的话，就尽量不进去。比如白天不去，凌晨2点或3点进去。”

入江先生哪怕是生计艰难到连吃饭都成问题了，依旧非常在意别人对自己的看法。迅速进出便利店也是因为在意旁人的眼光。

不愿被当成流浪汉。出于这样的理由，入江先生白天绝对不会去图书馆消磨时间，也不会去书店看书。对于以前去过的网咖也是如此。一旦持续去同一家店，就可能被怀疑是流浪汉。入江先生哪怕是多少有点费力，也会有意识地出入多家网咖。

尽量不被人当成流浪汉的努力远不止这些。入江先生会用所剩无几的生活费去自助洗衣房洗衣服，十天一次。每天都会在公园的厕所里刮胡子。即使如此，他似乎依旧非常在意自己在别人眼中的形象如何。在采访过程中，也多次问我们“我身上有没有汗味儿”。

默默度过的一天

去过便利店之后，入江先生下一个目的地是免费分发食物的胜山公园。

白天会有人带孩子来公园玩，也有人来遛狗；到了中午，在附近的区政府工作的人会来吃便当；到了傍晚，穿着运动服的中学生也会来这里进行社团活动的练习。来往行人非常多。

入江先生白天经常待在这个公园里。天气好的时候会躺下来补眠，缓解晚上没睡好的疲劳。

为什么要待在这个公园？

“如果去一般的公园，在那里睡觉的话会让人觉得很奇怪。旁边有小孩子在玩闹，你却在那里睡觉，有点引人注目了。这里的话，大家都躺着呢，对吧？公司职员吃好饭后也会在这里躺一会儿，所以我睡在这里也不会被人注意到。这应该是最大的理由吧。”

入江先生为了不引起他人的注意，特意选择在人多的公园度过白天。

为什么要避免引起他人的注意？

“我觉得，每个人都不希望自己被人同情，不希望别人觉得自己很惨。我会尽量隐瞒自己是流浪汉的事实，努力不让别人产生这样的疑惑，并为此调整自己的行为。每天来公园的话，应该已经有人注意到了，觉得‘那个人应该是个流浪汉吧’。如果带着这么多行李兜来兜去的话……”

不希望被人当作流浪汉。对入江先生来说，这似乎有着非常重大的意义。

即便入江先生承认自己是流浪汉，他在日常生活中也依旧非常注意自己的举止，以防被人察觉。除去睡觉的时间，他尽量保持着频繁的移动，避免被人注意到他一直待在同一个地方。他不会出入人员大量聚集的地方。入江先生就这么小心翼翼地要把自己伪装成普通人。

如此不愿被当作流浪汉的理由是什么？入江先生似乎认为，自己如果被他人认定为流浪汉，将再也无法从流浪状态中脱身了。接下来的采访中，我们问到他如何看待其他流浪汉，从他的回答里也可以感受到他的这种观点。

包括那些三十几岁的流浪汉在内，你没有想过跟其他流浪汉抱团吗？

“没想过。如果跟他们抱团取暖，我感觉自己会陷在这样的生活中，或者说反倒是会聚在一起互相舔舐伤口。当事情发展到那个地步，我觉得一切就都结束了。”

没有住处和手机就无法就业!

入江先生去HelloWork找工作。在接待处办好手续，拿到写有编号的凭证后，他来到里面的电脑角。

在这里可以使用电脑，一人一台。入江先生坐到分配给自己的电脑前，开始检索招聘信息。电脑操作很简单，只要点击触摸式面板即可。点击选择条件，匹配的工作就会全部显示出来。32岁、制造业、食品相关……入江先生逐个点击条目，检索出符合条件的招聘信息。条件匹配的公司被一下子列了出来。

你每天都会来查找招聘信息吗？

“招聘信息更新的那天会尽量早点来。我想尽快找到工作。可现在也没定下来。”

入江先生的求职要求是什么？

“最好是有宿舍。工种的话，厨师或服务业。现在有地方住是最重要的要求，所以要是有符合条件的，我想立刻去面试。”

在检索过程中，入江先生注意到了一个工作。某某市旅馆招聘厨师，包吃住。需要厨师资格证。工资每月十多万日元、缴纳社会保险。这是一份与拥有厨师资格证的入江先生完全匹配的工作。

“在这些工作中，这个是最合适的吧。厨师相关的工作、提供住宿，很有工作前景，也正常发工资。”

在此，我们简单介绍一下如何在HelloWork找工作。在电脑上检索出符合条件的工作信息后，将其打印出来交给接待窗口的HelloWork工作人员。这时，工作人员会对当事人进行面试并判断其是否合适。通过的话，工作人员会跟对方公司联络，顺利地预约面试。

入江先生马上将电脑上检索到的工作信息打印出来，交给接待窗口。看上去他非常希望得到这份工作。然而，从接待窗口的男性工作人员那里并没有得到预期的回复。工作人员从办公区深处翻出了密密麻麻写着招聘倍率和失业人口数字的资料，一个劲儿地、喋喋不休地跟他解释如今的就业形势有多么严峻。“我做这份工作已经有二十几年了，还是头一次碰上这样的不景气……”工作人员说个不停，根本没有要为入江先生预约面试的意思。

也不是没有道理。入江先生的手机早就不能用了。招人的公司就算要联系他，也根本联系不上。既然要找工作，雇主能联络得上明显是必要条件。

眼下要是没有几乎人手一部的手机就根本没法儿去找工作，这是实情。除了手机，入江先生连住处都没有，这就更加雪上加霜。在雇主看来，不仅没办法联系上入江先生，甚至连他是谁、住在哪儿都无从得知。即便如此，入江先生还是抱着一线希望——或许能遇到当场就同意录用自己的雇主。

面对工作人员的喋喋不休，“是……对的……真的很艰难啊”，入江先生也只能如此随声附和。

最终，入江先生这天未能找到工作，也未能预约到面试，两手空空地离开了HelloWork。

什么不好？是自己不好。

跟入江先生在一起这么久，我们发现，他从未说过一句推卸责任的话。入江先生对于自己被逼到这般境遇到底是怎么想的呢？将自己目前的境遇归结于社会也好、经济不景气也好，他难道就没有恨过别人，觉得是别人的错吗？

“要说自己这个样子到底是什么造成的？都是自己不好。什么不好？嗯，是自己不好。我想不出其他的词汇。要是能给不够努力的自己打打气就好了……”

说着，入江先生稍稍低下了头。“自己不好”——入江先生不断地拼命责怪走到这一步的自己。他似乎笃信，“自己选择的路，无论如何都要自己负责”。

可是，真的就是入江先生的错吗？当谈到作为派遣员工去某精密仪器制造商工作的经历时，入江先生说出了下面这番话。

“那家公司的正式员工会教我机械的操作方法，可是稍微教一下就突然让我操作，肯定是做不了的。于是，我只能战战兢兢摸索着进行，满眼都是专业术语，结果越发困惑。这时候他们就说我不合适，让我辞职。也许我的要求太奢侈，真希望可以在研修的时候能够按部就班地学习。”

不论是谁，面对毫无经验的工作，没人带教就不可能胜任。更何况，入江先生还处在派遣员工这样的弱势地位。就算在这种情况下，入江先生依旧觉得做不好完全是自己的错，依旧不断责怪着自己。

伸手也触碰不到的理想中的“三十代”画像

描绘着心中理想的“三十代”，自己却没能成为那个样子，入江先生看上去很是懊恼。虽说是理想中的“三十代”，但那并不是只有少数人才能够实现的空中楼阁，而是伸手就能触碰到的近在眼前的理想状态，也许可以称之为随处可见的幸福吧。入江先生跟我们描绘了他心中的“三十代”画像。

“工作充满干劲，有自己的小家庭，休息日跟孩子们做投接球练习。就是这种感觉。”

入江先生似乎非常懊恼自己没能实现这种生活状态。

“眼下，也只能想想了。无法实现，这是我最后悔的。每个人都想拥有的幸福家庭什么的，我在这一点上一败涂地。是我自己的责任。我知道自己肯定会后悔，所以几乎不去思考这些。”

同时，在已经达到他的理想状态的“三十代”面前，他似乎也感到自己低人一等。

“高中毕业的朋友有的自己开了店，有的做了厨师长或领导，在努力工作。只有我，沦落到这个田地……”

就算去HelloWork，没有手机，没有住处，也找不到工作。不向母亲、兄弟、好友寻求帮助。两天只吃一个面包，存款所剩无几……谁都能看得出，入江先生已经走投无路。这甚至可以算是极限状态了。

即便处于这种极限状态，接受采访的入江先生依旧不断强调“自己还能应付”，还在我们面前逞强，想让我们觉得他“并没有走投无路”。被逼到这一步的入江先生到底为什么不能开口求助？

难道开口求助意味着构成入江先生人生根本的重要部分会分崩离析？随着对入江先生一次又一次深入的采访，在他不断重复的言语间，我们终于逐渐看清了他真正的内心想法。

三十几岁的“入江先生”们自小时候起就一直在跟他人竞争。在并非全民大学生的时代，同学们为了能考上“好”大学拼命学习。大学毕业的时候，为了能进“好”公司努力找工作。“好大学、好公司、美满家庭……”如果违背了这种价值观就是失败者——他们在这样的环境中一直鞭策着自己。

虽然如今看来要打一个大大的问号，但当时，的确是在大肆宣扬“只要努力谁都能够成功”，似乎一切机会都是平等的。我们不知道入江先生身边是否有遵循着这种价值观一路走来的朋友。不过，我们能够肯定，在成长过程中无论同意与否，被强行灌输这种观点的，正是入江先生他们这批“三十代”群体。

“只要去做就能做好。只要努力就能达成。不努力就输了。”

入江先生被这种始终加诸“三十代”群体身上的强迫观念紧紧束缚住了。自己不努力，就再也不能摆脱现在的状态。但入江先生沦落成流浪汉，并非因为没有干劲，也不是由于不再努力。反而是他一直想靠一己之力去努力改变现状，结果才落到了这般田地吧。

到了30岁，身边也会出现作为社会人事业有成、家庭美满的朋友，大概入江先生内心无论如何也接受不了自己现如今的样子吧。

“只要自己努力，还可以做出改变。”

我们深深感觉到，入江先生将这句话奉为了心灵支柱，顽固地拒绝向好友、兄弟，甚至住在熊本的母亲开口求助。

我们结束采访3天后，入江先生突然从生活的公园里消失了。塞满了全副身家的运动包也不见了。我们最终也没能向入江先生本人确认，他实际上到底是出于什么心理坚决不向他人求助。如今，留给我们的，只有记录下了采访全过程的采访录音。我们反复听着录音，期望能够逼近不断拒绝求助的入江先生的内心深处。

最后，请容许我在此记录下最能体现入江先生心情的那些话语。当然，有些地方也会出现逻辑上的不连贯，可基本上这些话都是直接收录下来的。如果您能从我笔下的字里行间感受到入江先生内心深处所不为人知的呼喊，我将深感欣慰。

……说到底，这是我自作自受。一切都是自己造成的。

就算派遣合同终止，也不能成为我变成流浪汉的理由。

回老家的人也大有人在。

但是，我不这样做，而是逃离故乡，若将此归结为他人之过，认为“成为流浪汉都是别人的错”——这可真的是搞错对象了。

即便如此，我依然认为自己的处境还不算太糟糕。

毕竟，我还年轻……

但也不是非常年轻。

要是打算找工作，估计能找到。我还是有这个自信的。

要实现这个目标，眼下得有住处和钱。只要能想办法熬过去……

就算自己从这个世界上消失，也许一切也不会有什么改变吧。

就算自己不存在了，这个世界也不会有任何变化吧。

若是以死才能求得解脱，我还是选择活着去追求更轻松的生活……

成了流浪汉会遇到很多糟心的事情。

吃不上饭，被人看不起。

有人会居高临下地看待你。

被人说上一句，“真可怜啊”之类的。

我果然还是不想别人那样看我。

我觉得，自己若要重新振作起来，只能是在现在了。

哎，谷底。我已经体会到了最底层的滋味。若要奋起，只有现在。

我自己也觉得，如果坚持不下来，一切就都结束了。

第四章　在网络上不断扩大的共鸣

——“并非与我无关”“明天就轮到我了”

小木宽（NHK福冈地方局　新闻节目组导演）

“并非与我无关”“明天就轮到我了”

2009年10月7日，《说不出口的求助～如今的“三十代”到底怎么了～》在现代特写栏目播出。播出后等待着我们采访组的，是迅速扩大的反响。这远远超出了我们的预期。

我们若要了解观众的观感反响，有几个途径：或是通过观众直接打给NHK电视台的电话，或是通过观众来信。除此之外，还有一个方法可以了解到观众的反应，那就是网络。想了解大家对节目的评价，浏览网络上的留言、网上日记（也就是博客），对如今的节目制作者来说已经是家常便饭。

我们坐在电脑屏幕前，如往常一样上网检索。关键词是“求助”“说不出口”“三十代”。包含关键词的网页检索结果是我们前所未见的——竟然有上千条。说实话，反响如此之大，完全超出了我们这些制作人的想象。当然，对未能将“帮帮我”说出口而离世的男性身影和背负着“自我责任”重担的“三十代”的心声产生共鸣的人肯定不在少数，基于这个猜想，我们才制作了这档节目。参与采访的我自己也三十几岁。就像被接受采访的“三十代”群体的话语和身影刺激了一般，我一头扎进了节目制作中。

不过，反响的扩大从某种意义上来说，也让我感到意外，每当逐条浏览检索到的网页时，我都会有这种感觉。博客上对节目的评价，实际上是真真切切的“三十代”群体的心声。

“如果有一步走错，那自己也会如此。这并非与己无关。曾经有段时间，我没有工作，即便有了工作也非常不顺利。曾经我也有过与社会脱节的经历。时至今日，我依旧无法从自己一无是处的自我撕扯中逃离出来。”（“三十代”，男性）

“一提到‘三十代’，一般性的认知是已经工作稳定，并获得了相应的社会地位。大家都觉得这是理所应当的。如此一来，当事人就会很不好意思给别人添麻烦，或向别人征求建议，会对自己目前所处的境地感到内疚。实际上，我也被人说过‘你不够努力’‘你太娇气了’。这样的我，下周开始就没有工作了。我还没找到下一份工作。”（男性）

“努力、韧性、自我责任——我也被这些词压得死

死的。对从小接受填鸭式教育长大的‘三十代’来说，根本无力改变这种心理状态。”（“三十代”，男性）

新的留言源源不断地涌出。更让我们吃惊的是，几乎所有留言的人都会提到自己也已经三十几岁。在这里，不论是正式员工还是非正式雇用员工，不论是何种职业，“并非与我无关”“明天就轮到我了”——这种被逼到绝境的“三十代”群体的悲痛的呼声随处可见。

博客以难以置信的速度在扩散。短短3天，留言已经超过2 000条。迄今为止，我们的节目从未收到过如此热烈的反响。

为什么在“三十代”群体中会产生如此大的共鸣？我们再次确信，播出的节目主题确确实实传达出了“三十代”群体的心声，同时，我们心中也生出了疑惑。因为我们从未想过会有如此广泛的反响，我们也在看到很多人对至死拒绝求助这件事产生共鸣后深受冲击。尤其是在年轻流浪汉的问题上，仅靠各种各样的媒体针对非正式雇用问题老生常谈，是难以解释透彻的。我们总觉得哪里不对劲，有些异样的舆论扩散势态让我们心生疑窦。

写下留言的人到底对什么产生了共鸣？究竟为何不能向人求助？仅凭博客上的文字，我们无从得知他们无法求助的缘由及其本人的人生历程。

浏览博客留言的过程中，我们生出了去采访写下这些心声的当事人，直接面对面交流的念头。“三十代”群体到底在想什么？是什么让他们生出了那样的想法？

我们给博客的管理员发去了邮件。在这里，果然有着我们难以想象的“三十代”群体的心声。

被“三十代”群体的呼声淹没的博客

“我愿意协助你们试图了解‘三十代’群体心声的采访工作。”

博客的管理员马上联系了采访组。回信的这位就是短短3天就收到了近1 500条留言的博客的管理员。这也是围绕节目争论最热烈的博客。

一般来说，在博客上，人们可以阐述自己的观点，看到博客的人可以对此自由抒发意见或感想。针对这些意见，他人可以阐述进一步的意见，由此得以展开辩论。

只是，私人博客能有如此大数量的留言是非常罕见的。

在这篇博客上，节目的旁白、对出场人员的采访，一字一句都被他用文字记录了下来。将其写成文字的理由也记录在侧。管理员写下了自己的心声：

> “这就是我自己这一代人的故事，我都看得入迷了。雇用、贫困、年代论[①]，这些都发人深省，因此我将节目内容记录了下来。作为观众，我希望能够更加深入地了解这个主题。”

---

① 这种理论认为同时代的人具有某种共同特征。

在他的留言下面，是一条条新的留言。

“对节目里出现的人物，我十分有共鸣。我们一直被教育要在自己选择的道路上努力，在这个强调自我责任的社会中长大。”（31岁，男性）

接下来，依旧是“三十代”的男性。

“浑身发抖，眼泪完全停不下来。我有工作，有收入，可这个世界没有什么是确定的。也许明天就会轮到我，我也不可能开口寻求帮助。眼下，我有工作，跟家人生活在一起，可内心依旧感到孤独。无论妻子问什么，我只能回答‘没问题，一切顺利’。”（“三十代”，男性）

“我的派遣合同到期了。领着失业保险，几乎每天都会去HelloWork，翻看招聘杂志，努力找工作。但是，因为年龄问题或者经验问题，已经有30多家公司通知我不予录用。我觉得自己就是个废人。”（39岁，男性）

这样的留言一条接一条。而且，留言丝毫没有停止的迹象。我们希望能够面谈，一刻都不愿耽搁。于是我们来到了管理员面前。

蜂拥而至的留言与博客的管理员

“请进。”

收到邮件次日，我们造访了位于东京近郊的一间朴素雅致的公寓。午后2时刚过。开门走出来的，是一名看上去很认真的戴眼镜的男性，身材修长。他就是博客的管理员今村勇辅先生，38岁。

这是个两口之家。妻子外出工作还没回来。

“您为何要写跟节目有关的博客？”

面对我们的提问，今村先生马上做出了回答。

“自己内心深处总觉得有什么地方被拨动了。我重新观看录下来的节目，将其一字一句转化成文字，希望能够从中找到是什么触动了我。”

我们继续抛出疑问。

“可是，不写在博客里也可以吧？可以直接跟家人、朋友讨论。”

“博客的好处在于，写在这里的文字都是大家的真情实感。能够听到真心话这一点很有意思。把深思熟虑的想法转化成文字是非常棒的体验。所以我就写了。”

今村先生继续说道。

“大概花了两个小时吧。我简直是全神贯注。就觉得是被节目震撼到了，一时冲动便写了下来。”

今村先生现在是自由编辑，居家办公。他的主要工作内容是调整原稿的体例或者进行文稿录入，但他并不是一直有工作。他靠在家工作和妻子的收入生活。

今村先生向我们展示了他的工作间。房间的四面都是书架，上面摆满了计算机或网站制作相关的书，还有小说等。经今村先生之手出版的书也在其中，大概有30本。

今村先生笑着给我们看自己经手出版的书，就像是在展示珍宝，小心翼翼。

“三十代”所背负的东西

今村先生的双亲非常热心于教育。他住在神奈川县的新兴住宅区，小学四年级就开始上补习班了。每天学校放学后，回家放下书包，就要背上补习班的书包马上赶往补习班上课。夏天和冬天则是上特别辅导课。在补习班里，他一直名列前茅。

“考上好大学，去好公司工作。”

在商社工作的父亲给了他很大压力。

到了小学六年级的第三学期[①]，今村先生直到考试当天，整整有一个月没去学校。那段时间，他每天都从家里直接去补习班，针对目标中学进行考试模拟。父母和补习班决定进度，他只需要努力学习。

今村先生谈到当时的自己时，这样说道：

“我当时虽然还是个孩子，也觉得自己要努力学习，将来像父亲一样进入一流企业工作，成家立业。考上好中学，然后考入顶尖大学，进入一流大公司——从孩童时代开始，我就觉得这是胜利者的必经之路。我也从父亲那里强烈感受到了他的这种期待。”

---

① 日本每个学年有三个学期。第一学期从 4 月开始，7 月 20 日左右结束；第二学期是 9 月上旬到 12 月 20 日左右；第三学期为最后一个学期，从 1 月上旬开始到 3 月中旬结束。

拼命学习之后，今村先生最终考上了东京都内因高升学率而声名远播、初高中一贯制的私立中学。这所学校每年都会有数十人考入东京大学，在全国也算首屈一指。

本想着高强度的应试学习结束之后就不用再学习了，然而，考上私立中学并不是终点。那是全新的起点。

“中考顺利的话，一切就可以结束了，接下来就可以放轻松了。我那时是这么想的。大人们肯定知道并非如此，可孩子并不这么想……”

今村先生遵从父母的意愿准备考大学。虽然他们并没有直接挑明，可他感受到了“你应该考入东京大学”的压力。

然而，高考落榜了。第一志愿东京大学，成绩不合格。他根本没有过高中毕业就工作的想法。

“经济方面不用担心，你只要努力学习就好。如果能考上顶尖的大学，就能进入一流的公司。”

听了父亲的话，他决定复读。可是，成绩并没有像预想的那样有所提高。最终，今村先生复读两年，考取了东京都内有名的私立大学。考入东京大学的愿望未能实现。

就业冰河期与“三十代”

今村先生进入公司工作，是在1996年，也就是在所谓的就业冰河期。当时，泡沫经济刚刚破灭。回顾大学时代，今村先生告诉我们：“一直到我十七八岁，经济都很景气，可等我考进大学就开始慢慢下滑。上一代被称为泡沫组，等待他们的是个经济景气的社会。经济景气，就能够享受到社会的各种好处，也能够积累自己的工作经验。而我们‘三十代’，真是在景气变差的时候进入社会的第一代人。”

1996年，当时的有效招聘倍率是0.70，每10人中就有3人没有工作。该数值在泡沫经济开始破灭的1990年前后还是1.40，到1996年已经跌至其一半（参照图表④）。

图表④　有效招聘倍率

1990年	1.40
1991年	1.40
1992年	1.08
1993年	0.76
1994年	0.64
1995年	0.63
1996年	0.70

（据厚生劳动省调查）

就业冰河期自1993年开始持续了十多年。如今的“三十代”群体刚好在那个时候步入社会。

采访中，有一句话在我们采访组成员的心中留下了深刻印象，那就是今村先生下面这句话：

“从未想过会无法再现。”

今村先生这样评价自身。“无法再现”的是父母那一代的生活规划及人生。像今村先生这样正处于“三十代”的群体中，有很多人小的时候，父母是公司职员，努力工作为高速经济增长添砖加瓦。只要工作，随着年龄的增长，工资会逐年增加。父母一辈能够以此为基础申请贷款，建造属于自己的房子。今村先生的父母在终身雇佣制的庇佑下，工资实实在在地不断增加。在这种环境中成长起来的他自然而然地认为，自己会跟父母经历同样的人生。这也可以说是不知不觉中渗进血液中的属于那一代人的观念。

“从未想过会无法再现。”

他一直对我们重复着这句话，留下深深叹息。

煞费苦心终入职，迈向人生的下一阶段

面临严峻的就业形势，今村先生最终还是顺利找到了工作。工作单位是一家只有5名员工的小型编辑工作室。所谓编辑工作室，是受出版社委托，进行书籍、杂志等的编辑工作的公司，参与从确立选题到收集素材、组稿、设计、执笔等全部过程。

今村先生自小就最喜欢读书、翻看漫画。在上下学路上、学习休息间隙，他总是埋头读书。

他想要从事跟打小就喜欢的图书相关的工作。他希望根据自己的判断搜集、整理资料，做出能带给人愉悦或对他人有所益处的东西。这就是他选择出版工作的动机。

刚开始找工作时，今村先生的求职目标是大型出版社，可是工作迟迟定不下来。他不断接受大型出版社、中型出版社的面试，却未能拿到内定[1]。找工作找了近半年，终

① 虽未正式签约，但已决定聘用求职者或接受申请人。

于拿到了工作内定。这是一家承诺录取他为正式员工的编辑工作室。今村先生决定入职。靠自己的双手出版有趣的书——这个想法支撑着今村先生。今村先生生平第一次负责的，是与计算机有关的出版工作。他拼命吸收着跟出版相关的所有知识。今村先生具备迅速分析的能力和总结要点的能力。原稿的整理、编辑、执笔，他在工作中逐渐积累了各种经验。到了第三年，他已经可以自己执笔、编辑图书。作为社会新人，一切都是顺利的。

之后，今村先生辞去了这份工作。因为他觉得该学的都已经学到了。他选择迈向人生的下一阶段——进入中型出版社。

“帮帮我”？根本说不出口

今村先生在新公司里负责杂志的编辑工作。他负责了一期又一期的特辑专题，深受好评。

接着，被提拔为副总编，他本人都感到出乎意料。他成了年轻的副总编，工作也是顺风顺水。

然而，另一方面，工作的责任越来越大。硕果累累的副总编今村先生被调职到了期待已久的图书部门。那时，他31岁了。

在图书部门，今村先生被逼到了绝境。

起初很顺利。可是，工作量越来越大。公司开始年年要求必须在最短时间内完成应出版的图书。世道不景气。这是个东西很难被卖掉的时代，书也不例外。在这种环境下，公司的解决方案是持续不断地出书，薄利多销以保证利润。花在一本书上的时间减少，根本没办法做出自己认可的图书。今村先生觉得即便如此，也不能归咎于时间不够，于是拼命埋头工作。

在工作过程中，今村先生的身体开始出现问题。抑郁的症状逐渐显现。

身体状态恶化。到了晚上，今村先生就开始焦虑：就这样睡了没关系吗？今天就这样过完了，没关系吗？其实就算醒着也做不了什么，可就是毫无睡意。有时候，他就这样睁着眼到天明，直到体力耗尽。

慢慢地，工作也受到了影响。他没办法打电话了。

“即便知道必须要打这通电话，可我根本没办法拿起听筒。就算明白不打不行，可身体还是不听使唤。就这样内心撕扯着，一天就过去了。”

只要一次受挫，事态就会往越来越不好的方向发展。在每周一次的例会上——

“下一个选题进行到哪一步了？今村？”

“现在还在调研。”

今村先生靠着暧昧不清的回答躲过了一次又一次的质问，下次开会也用同样的答案敷衍了事。可是，在公司里，是绝对不可能就自身的状况与周围的同事商量的。

“其实啊，我吧，得了抑郁症——这么说的话，对方也会为难吧，不知道该说些什么好。现在，要是有人跟我这么说，我会让对方去休息，但当时，如果别人说自己得了抑郁症，我估计什么话都说不出。”

公司也开始注意到工作迟迟没有进展的今村先生的变化。今村先生向公司坦白自己患了抑郁症。可是，公司未对今村先生的病状表示出一丁点的关心。

“比起弄清楚这是种什么病，公司更关心的是我还能不能工作，如果可以工作，能做到什么程度。他们只想知道这些。”

最终，今村先生停薪留职。自出现抑郁症状到他去医院开具抑郁症的诊断书，中间过去了近两年。办理停薪留职以及领取健康保险补贴需要提供材料，所以他才请医生开具了诊断书。

之后，今村先生复职过一次，又再次停薪留职。即便这样，他也没有恢复健康。公司希望他辞职，今村先生就离开了公司。那时，他37岁。

“自己的努力不够”

傍晚。今村先生出门去离家步行只需两三分钟的超市购物。要准备晚饭。他姿势熟练地拿起蔬菜，确认保质期，然后放进购物筐。

接着，打扫房间、洗衣服，度过漫长的一天，等着妻子回家。辞职后，这样的生活已经持续了近两年。

在这样的生活状态下，他碰巧调台到了NHK电视台，收看了现代特写栏目。当期节目的标题《说不出口的求助～如今的“三十代”到底怎么了～》引起了他的注意。光凭标题，还看不出节目的具体内容。但是，节目开始之后，他就再也挪不开视线了。

“什么不好？是自己不好。我想不出其他的词汇。要是能给不够努力的自己打打气就好了。”

电视中传出了那个一直流浪街头的32岁男子的话。自己一直以来的样子跟那名男子的话重合了。

节目结束后，今村先生马上做好准备，在晚上重播时将节目转录了下来。他一心想着要赶紧把节目内容抄录下来，次日第一时间就将所有内容整理成了文字。今村先生觉得，这并非与己无关，他真心这么觉得。“自己不够努力，所以失败了——我曾经有过这种经历，所以对此感同身受。我觉得，自己身上一定有不足之处，才导致了这样的结果。尤其是在工作中无法按照预期拿出成果，不得不辞职这件事，果然还是因为自己身上欠缺了什么东西吧。”

今村先生认真地跟我们描述了产生共鸣的心情。

今村先生的博客上，留言还在持续增加。“三十代”群体的共鸣在静悄悄地扩散，我们一直在关注。坐在电脑屏幕前的他们，到底是什么样的心境呢？

这样下去根本就不会有终结的一刻。我们采访组再次认真浏览博客上的声音。在留言中，又发现了超出我们想象的人间现实。

在女性群体中也不断蔓延的共鸣的声音

在深有共鸣而不断增加的“三十代”群体的字字句句

中，我们逐渐发现了一个现象：其实女性对此也深有同感。这让我们很惊讶。为什么我们会觉得惊讶？也许是因为我们一直觉得，这应该只是非正式雇用的男性才会面对的问题。迄今为止在采访现场遇到的，也都是男性。派遣合同到期，流浪街头的，同样全部都是男性。不知不觉间，我们便有了这种先入为主的想法。每当我们读到博客上的反应，就会深深反省。

“这并非男性才会面临的问题。女性也要‘自立’，要‘一切靠自己’，‘必须要变强’。如果内心强大到能开口求助，就不会那么辛苦了。”（女性）

“前段时间停薪留职，现在重返职场。自己没什么能耐，要不再努力些？这些太扎心了。给别人添麻烦了、自己派不上一点用场，满脑子都是这种想法。”（女性）

“自己直面的问题根本无法对人言说。烦恼越是棘手，就越是无法对人提起。会想尽一切办法自己解决。不给任何人添麻烦，努力一个人去解决所有问题。其实，这种努力应该用在找人商量上吧。可是，找谁呢？”（女性）

在众多女性留言中，我们发现了一篇博客。那名女性的博客里写了这样一段话：

“工作、生活、家庭，被各式各样的事情逼到绝境，却无法开口求助。估计，谁也不会知道我陷入了那样的境地。因为我不说，所以情况一步步恶化。”

她接着写道：

“不排挤别人，自己就会被人排挤的社会，生病的家人，由此产生的压力。被眼前的一切逼得喘不过气来，根本没想过要敞开心扉。”

我们的心被这名女子的字字句句戳痛了。

与社会、家庭的关系到底成了什么样子，才会让她不能求助？为什么这名女子也没办法开口寻求帮助？

新的疑问又在我们心中发酵。通过博客，我们可以察觉到烦恼的碎片，可并不知道具体发生了什么。我们给这篇博客的管理员发去了邮件。

“很冒昧突然给您发来邮件。我是NHK电视台的节目导演。阅读了您的博客，就给您写了这封信。

“我是现代特写《说不出口的求助～如今的“三十代”到底怎么了～》的节目负责人。事实上，我看到了大家围绕本节目写的博客，希望能够采访参与讨论这一主题的观众，所以就冒昧联系了您。您在博客中写道，‘工作、生活、家庭，被各式各样的事情逼到绝境，却无法开口求助’，这让我印象深刻。我们非常希望能够跟您见面聊聊，想知道您是如何看待我们节目的这一主题的。我们在想，现在是不是可以基于博客上的各种声音做一期节目。拜托您！”

邮件发出两天后。我们收到了对方的回信。

“NHK电视台的人？太令人惊讶了！虽然不知道能不能帮上忙，先把联系方式给您吧。”

我们决定马上去拜访这名女性。

自我责任与结果主义

大阪，淀屋桥。办公楼林立。我们约好在此碰头。

“您好。初次见面，请问是木下友子女士（化名）吗？我是给您发过邮件的NHK电视台的工作人员。”

在碰头地点亭亭而立的，是一位穿着白色连衣裙、看上去温文尔雅的长发女子。

在赶往附近的咖啡馆的路上，我们迫不及待地问起了她对节目的观感。

“恕我直言，请问您对此怎么看？”

“感觉就发生在身边，并不是别人的事。竟然有这么多这样的人，我深受冲击。竟然有那么多跟我同病相怜的人，令我非常惊讶。”

“跟自己同病相怜的人，指的是哪种人？”

“无法开口求助的人吧。就觉得，‘啊，原来不只是自己’，而且‘同龄人也都这么想’。所以我才在这种冲动的驱使下写下了博客。”

木下女士对节目印象最深的词是“自我责任”，以及

“结果主义”。这也是节目的两大关键词。

周围皆敌人

“可不是竞争对手哦。是一种敌对意识吧。”

木下女士所说的，是对同期入职的公司同事的看法——根本不是竞争对手。

“竞争对手是一种良性关系。但是，我待的公司绝非如此积极向上。不是互相交流切磋共同进步的关系。就是敌人。”

木下女士就职的公司，是一家中型化妆品公司。高中毕业后，她被学校推荐上了神户某大学。进入社会是在就业冰河期的1995年。求职季真是竞争惨烈。给上百家公司递了资料申请和求职申请，可收到的回复千篇一律：

“很抱歉，今年我司不拟招聘新员工。”

连面试的机会都没有。即便接到面试通知，要想拿到内定，至少也要经历三轮面试。竞争就是如此激烈。

木下女士参加了超过30家公司的面试。她的第一志愿是服装业。但是经济不景气，招聘人数本就极少，真是窄上加窄的窄门。一次次面试，一次次失败，时间一天天过去，木下女士心里开始着急。大学同学和朋友也是如此，尚没有一人确定找到工作。就算在学校里碰上，大家也刻意不去触碰内定的话题。

惶惶不安之间，终于确定下来的，是化妆品公司。自开始找工作已经过去了10个月。虽然不是第一志愿的行业和公司，但跟身边尚未找到工作的朋友相比，单是找到工作就很是幸运了。总而言之，木下女士松了一口气。

可是，这种喜悦转瞬而逝。等待着进入职场的木下女士的，是残酷的结果主义。

“派不上用场的话，你们随时都可以辞职。等着接替你们的人多得是。就算你们走了，更能干的人到处都是。听明白了吗！”

听了公司上司的话，还满身学生气的新员工木下女士的心一下子凉透了。一起入职的同事大约有15人。公司需要的，是能立刻上手的战斗力。

几乎没有老员工教过木下女士该如何工作。老员工带教新员工这回事，自始至终都不存在。而且，经济低迷导致经营状况恶化，公司一直在裁员。四五十岁的资深员工纷纷成为裁员的对象，陆续离开了公司。她只能自己摸索着上手。不懂当然会出错。这个时候，就会被上司骂得狗血淋头。

同期入职的同事之间也要竞争。公司实行所谓的分公司式管理，同期入职的同事若是被分到其他部门，那便是进入了其他公司。公司要求工作成果用数字说话，所看重的，是销售额较去年同期到底增长了多少。仅此而已。

“同期入职的员工之间不可以交往过密，或许是为了确保双方的敌对意识吧，感觉公司是故意营造出这种环境的。”

木下女士最难忘的，是全体骨干成员参加的一月一次的销售会议。

“为什么没完成指标？在会上跟所有人解释一下。要解释到位。如果做不到，你就辞职吧。”

那是个怪异的空间。充满威慑力的语言，不断有人遭受责骂。参加会议的员工一个接一个地被臭骂。完成指标的话，就可以逃过一劫。可是，不可能每次都完成指标。接下来就轮到自己了——心中一直惴惴不安。木下女士就像是将那时的心情从内心深处拉扯出来一般，继续说道：

“在那种氛围下，没完成指标这种话根本说不出口。如今，冷静下来仔细考虑一下，那么高的指标根本就不可能完成。毫无理由的找茬也是连绵不绝。可是，那个时候，我满脑子想的却是‘也许自己的工作方法不对’，觉得‘或许有其他更好的销售方法’，觉得‘这是自己的责任’。明明那时候经济不景气，根本不是能轻易卖出商品的时代。那时候，最难过的是没办法为那些被责骂的人说话。若是挺身而出，矛头就会指向自己。于是，只能当自己不存在，低着头，等待时间过去。”

就算完成了指标，也不代表会升职或得到奖金。

“这不是做到了吗？努力就能做到嘛！”

接着，公司又会设置更高的指标。指标100%完成是理所应当的。如果完不成，就会挨骂。循环往复。指标更是年年见涨。而且就因为是女性，还会遭受言语暴力。公司口口声声说不分性别予以录用，可当自己真的拿出了成绩，又会被说是“狂妄自大”“不过是个女的”“一点都不可爱”。男女平等对待的公司方针不过是随口说说而已。

不断离开的同事、不断加重的责任

入职10年，在步入30岁的时候，同期入职的同事只剩了两三人。木下女士勉强留在了公司。

辞职的同事纷纷表示“适应不了竞争”“这样下去身体会吃不消”，离开了公司。木下女士与其说是赢得了竞争，不如说是为了活下去而拼尽了全力。如果丢了工作，马上就会失去收入，不知道明天开始该怎么活下去。一旦没了工作，生活马上就会过不下去。

而且，同事越是减少，自己的责任就越发沉重。虽然没有职务，可身处销售组的管理层级，会被苛以更大的业绩。另一方面，木下女士的工资在这10年来连1日元都没涨过。公司方面给出的解释是，经济不景气，在这种时代背景下也是无奈之举。她只能接受。

还要照顾生病的母亲

接着，将木下女士逼入绝境的事情发生了。她得照顾生病的母亲。已经六十几岁的母亲得了抑郁症，需要片刻不离的照料。要准备饭食，喂她吃饭，在固定的时间喂她吃药。除了这些，还要陪她一起泡澡。可这还没有结束。

到了晚上，母亲会出现幻听，总吵着要出去。“好像有谁在叫我。”说着就会走出家门。到了外面，木下女士告诉她没有人叫她，她便相信了，转回家中。可一进入房间，母亲又嚷着还是有谁在叫自己，便又要出门。母亲就这样不断进进出出，夜游超过凌晨2点的情况是经常的。木下女士的生活就只剩下了工作和母亲——下班后照顾母亲，照顾完母亲去上班。

慢慢地，木下女士无论是身体上还是精神上都被逼到了绝境。为了照顾病中的母亲彻夜不眠，次日又继续工作的情况增多了。当然，工作上没办法集中精神，失误频出。在公司里被要求结果至上，回到家也没有一丝可以喘口气的时间。

木下女士在下班回家的路上一直这样鼓励自己：

“必须要坚强，坚强点。”

就像咒语一般，不断重复。

下班后赶忙回家。照顾母亲。吃饭的时间都没有。这样的生活持续了超过5年。母亲的状况变得越来越差，木下女士的身体也支撑不下去了。在家里连哭都不可以。如果被母亲看到，她的症状就会恶化。在公司里当然绝对不可能哭泣。

能放声痛哭的地方，只有家前面的停车场。母亲睡熟之后，木下女士会在停车场里吃着便利店的饭团，一个人默默流泪。

然而，木下女士并未向公司同事或朋友就自己的困境透露过一个字。因为她觉得，在职场上，这可能被当成自己的软肋，将会威胁到自己在公司的地位。

“即便说了，他们也不会理解吧。原本也不是个可以敞开心扉的地方。在大家恨不得要扯对方后腿的环境里，我根本没想过要对谁敞开心扉。”

她也没有跟朋友提起过。这是自己的问题，就算说了，对方也会不知道该如何回应吧。而且实际上，每天忙于照看病中的母亲，连与朋友见面、通电话的时间都没有。

结果便是她跟谁也没有提起。就这样在35岁的时候，木下女士的生活再也运转不下去了，不得不辞去工作。

记忆中的那句“帮帮我”

木下女士看着现代特写的节目，回顾自己迄今为止的人生。她想起了某句话，写进了博客。博客里这样写道：

> “我从公司辞职的最后一天，有位兼职的同事跟我说，能够开口求助的人内心是很强大的。这位同事一直关注着那个日日被工作摧残、疲于照看病中母亲的我。为什么就没有对这个人敞开心扉呢？不排挤别人，自己就会被人排挤的社会，生病的家人，由此产生的压力。被眼前的一切逼得喘不过气来，我根本没想过要敞开心扉。”

如今，木下女士在美容相关的公司里以合同工的身份工作。辞去化妆品公司的工作后，受到雷曼冲击的影响，根本就找不到工作。她领取了雇用保险的失业保险金，接受了职业培训，掌握了新的工作技能，最终得以在如今的公司工作。

另外，母亲的症状现在还算稳定。可她内心依旧非常不安，不知道什么时候母亲的病情就会恶化。

在博客的最后，她这样写道：

“即便是现在，下一步就是万丈深渊的担忧依旧萦绕在心头。虽然不能安心生活，能在这里写下心里的话，能有很多人去阅读它，对我来说也是一种救赎。”

博客是没有特定倾诉对象的文章。可是，随着采访的深入，我们开始觉得，这些博客留言或许正是如今的“三十代”群体期求与社会产生联系的心情的写照。直接面对朋友和家人说不出口，可是，那还能与谁诉说呢？能够吐露这种复杂内心的场所不就是极具代表性的博客吗？

我们采访组开始意识到，侧耳倾听这些声音，持续不断地将“三十代”群体的心声呐喊传播出去很有必要。那么，能够回应那些无法开口求助之人的心情的，到底会是谁呢？想要回应这样的心情，我们应该怎么做呢？我们必须要将这些问题的答案或线索找出来，刻不容缓。

第五章　在无可挽回之前

——NPO代表奥田知志先生的战斗

田中智佳子（NHK福冈地方局　新闻节目组导演）

再添一例，“三十代”的孤独死……

2009年11月，采访马上要满5个月了。在寒冷砭骨的星期五的晚上，我们跟往常一样赶往免费分发食物的场所——胜山公园。

从NHK北九州地方局赶往公园的5分钟左右的时间里，我们赶超了3名看着眼熟的男子。他们是自7月起开始流浪汉生活的“三十代”人。夏天里假装路过来排队领取免费食物的他们，到了这个季节，也丝毫不再掩饰自己为了领取免费食物专程来胜山公园的事实。

“年轻，所以还能努力。只要还有干劲，马上就能找到工作。”周围的人以及成为流浪汉的他们自己，肯定如此深信不疑。可是，街头生活远比预想的要久。

冬日的街头生活危险系数增高，稍有不慎就会丢掉性命。通常是隔周举行的NPO法人“北九州流浪汉支援机构”的免费食物分发活动，仅在每年12月到次年2月的3

个月里，会调整为每周一次。

这一时期的免费分发活动不仅是为了让流浪汉们填饱肚子。工作人员将这一活动视作可以做积极交流的机会，以期流浪汉们在严寒中身体出现问题时能够及早得到治疗。实际上，在这段时间，感冒药、暖宝宝、毛毯等物资是必不可少的。

排队等候分发便当的超过百人的流浪汉队伍里，此时也排着近10名“三十代”流浪汉。

在这些“三十代”流浪汉中，有已经迎来第二个冬季的人。第一次是2008年12月，雷曼冲击刚结束，遭遇“派遣合同期满”的人所熬过的那个冬季。到了迎来第二个冬季的现在，都不怎么看得到媒体就“派遣合同期满”的现状进行报道了。

受雷曼冲击的影响，全国性的工厂关闭或规模缩小屡见不鲜，出现在电视里的他们看上去就是“社会的牺牲者”。

是不得不跟派遣员工解约的公司的错？还是才三十几岁、年富力强却被毫不留情解雇，没有储蓄也没有可以依赖的家人的他们的错？

没有答案，什么都没有解决。唯有时间匆匆流过。

这时，NPO的工作人员告知了正在排队的流浪汉们一件极具冲击性的事。

“上周，又有一位过着流浪生活的人过世了。很年轻，才37岁。救护车将他送到医院的时候已经来不及了。在他去世前的几天，我们工作人员还去拜访过他，可是他说没关系，拒绝跟我们交谈。各位，根本就没有所谓的‘年轻就没关系’。接下来天气会越来越冷。大家不要想太多，即便还年轻，也请一定要来找我们！”

“明天就轮到我了”，37岁男子在街头身亡的消息，将严峻的现实展现在同龄流浪汉的面前。

我们马上想起了年仅39岁便孤独死去的北原学先生。“会不会存在孤独死的预备军？”——北原先生的孤独死使我们产生了这样的担忧，是我们开始对流浪汉进行采访的契机，而这个事实的确就摆在这里。北原先生并非流浪汉。他在家里一个人静悄悄地走完了一生。夜巡的NPO工作人员每天都关照的37岁男性也在街头悄无声息地死去。在家里孤独死去的北原先生、在街头孤独死去的男性，他们的共同之处在于都未能向周围开口求助。

一直在寻找他的家人

37岁男子离世后不久，我们就找到了他住在宫崎县的家人。家人说，他两年前便音讯全无，家里一直在寻找他。

我们发现，出生于宫崎县的这名男子从去世前两年开始，在北九州从事日结的工作。男子沦为流浪汉是在雷曼冲击之后。NPO的工作人员建议他去申请生活保护，可男子并未申请。他似乎一直在靠着以前的积蓄生活。

如果男子去申请生活保护，受理申请的区政府会联系其宫崎县的家人，核实申请人本人的情况。

“在您儿子接受生活保护之前，家里能不能对他的生活施以援手？”区政府员工一定会就此进行确认。去世的男子大概是知晓此事的。

他不想让家人知道自己穷困潦倒的样子。家人会怎么想呢？面对区政府的询问，或许丈二和尚摸不着头脑，但也会回答“会跟他一起生活”吧。家人之间，所思所想就这样出现了偏差。

通过采访，我们发现，大部分“三十代”的流浪汉都会避免与家人联络。

“自己成了流浪汉这种事，就算嘴巴裂开也说不出口”“不想让父母难过”。“帅哥流浪汉”入江幸平先生同样觉得，向家人开口寻求帮助意味着自己丧失了存在的价值。

就算能够加入到领取NPO免费分发物资的队列里，跟父母开口却是做不到的。他们在遥遥无期的流浪生活中不断自问自答，这种复杂的心境越发使他们滑向了孤立无援的深渊。

一个人无法实现“自我责任”的社会

免费分发食物的志愿者总指挥、NPO的代表奥田知志先生对“三十代”群体绵绵无绝期的街头流浪生活一筹莫展。“我们聊聊好吗？”——哪怕奥田先生热心地主动打招呼，他们也没什么反应。为了能自立而积极寻求帮助的“三十代”可以说几乎没有。

“三十代”流浪汉即便来到免费分发现场，也不会跟人沟通，寻求具体问题的解决之道。面对这样的他们，我们采访组提出了“为什么不开口求助”的问题，希望能够弄清楚他们不与人商量的心理原因。我们得到的全都是以“自我责任”便可一言以蔽之的答案。有一天，奥田先生跟我们说了下面的话：

“问他们为什么不开口求助是件非常残酷的事情。我觉得，我们应该先思考一下，身在周围的我们自己到底又是怎样呢？”

奥田先生口气强硬地继续说道：

“会不会并不是他们不开口求助，而是我们这个社会让他们根本无法开口求助呢？我们需要先承认这一点，然后——虽然他们自己和社会一直在反复强调‘自我责任论’——社会可以在将他们拯救出困厄之后，放手让他们自己继续努力。否则就此下去，不管他们多想履行自我责任，都连站在履行自我责任的起跑线上的资格也没有。这就是如今的社会。”

奥田先生的观点很正确。在采访中，我们费尽全力希望可以更加接近他们那复杂的精神世界，奥田先生却从与我们不同的视角出发，理解了他们。“对他们来说，社会应该是什么样子？”以“三十代”流浪汉人数增加为切入点，他正努力去重新审视这个让人无法开口求助的社会。

“首先，我想跟他们说，弱小并没有错，失败投降一次也无伤大雅。”

奥田先生面带苦涩地反复呢喃着。

对于经济上和精神上都窘困的“三十代”流浪汉来说，如今的日本社会实在是冷漠至极。

深夜快餐店中的“流浪汉预备军”

在这20多年的夜巡中，奥田先生在雷曼冲击之后会固定去一类地方。那就是小仓站前的麦当劳或乐天利这种24小时营业的快餐店。因为，只买杯100日元上下的饮料，整晚坐着打发时间的年轻人增多了。

那些注意自身穿着、不随身携带大件行李的“三十代”流浪汉并没有什么特别之处，不会被店员重点关注。奥田先生渐渐觉得，这种一眼看去不知道是不是流浪汉的流浪汉，尤其需要尽早跟他们谈一谈。

他们手头很紧，甚至要在仅需1 200日元就能待一整晚的网咖里过夜，但又不至于沦落到露宿街头的地步。还有那些一晚靠区区120日元勉强度日的人，更容易被埋没在茫茫人海中。他们几乎没有意识到自己已是“流浪汉”，也并不理会NPO在夜巡中的亲切攀谈。

我们也多次亲眼看到奥田先生在深夜的快餐店里跟这样的年轻人攀谈。奥田先生敏锐地寻找那些在23点以后，漫无目的地坐在店里的年轻人。他迅速打量一下年轻人，从其脚上到头顶及随身物品，瞬间就能做出判断。每家店平均两人，多的时候会有三个人坐在那里，面前只放着一只咖啡杯。

“看那双运动鞋的磨损程度，或许就是……”

跟我们说罢，奥田先生来到了一名男性面前。

“晚上好。我呢，是为这附近无家可归的人提供便当的

NPO组织的奥田。今晚你要在这里过夜吗？”

“……是的。”

看上去就像个普通学生的男子32岁了。长发看上去像是为了时髦而刻意留起来的，随身携带的物品只有一只旅行背包。可是，他的运动鞋磨损得非常厉害。

老家在福冈市，双亲健在的这名男子沦为流浪汉已经两个星期了。奥田先生催促他趁着流浪时日尚短，先回到父母身边再做打算，可他对此没有任何反应。

另一日，他叫住了一位头上缠着白毛巾、皮肤晒得黝黑的男性。

“我是在NPO组织发放便当的奥田。今天来‘山上’了吗？”

“没，我没去。”

奥田先生向这名男子提问时，使用了“山上”这个免费分发食物的俗称，因为他判断这个人是流浪汉的可能性很大。“流浪状态一旦拖长……”可是，当奥田先生想要更进一步的时候，男子表现出了过激反应。

“我不是流浪汉。明天早上的工作很早，所以才要在这里过夜的。”对方逞强道。

普通人根本就不知道“山上”这个词的含义。面对逞强的男子，奥田先生温和地开口道：

“总之，不要一个人烦恼。不论什么时候都可以，你给我来个电话吧。没事儿也可以打电话过来。”

说着，他递出了一个信封。

写着“你并不是一个人”的信和电话卡

在奥田先生递给年轻人的信封中，装有一封信、奥田先生自己家的联系方式和一张500日元面额的电话卡。在题名为“致亲爱的你”的信上写着：“你不要再独自一人默默努力，鼓起勇气来找我们吧。你并不是一个人。”在这个让人无法开口求助的社会中一味努力隐瞒现状的年轻人们，即便没有勇气在人前示弱叫苦，奥田先生也希望他们在想要谈谈的瞬间能够联系到自己。他写下自己家的联系方式，即便自己很忙，也保证24小时内时时有人接听电话。

然而，两天过去了。头上缠着白毛巾的男子并没有联系奥田先生。事后，采访组夜间来到店里，发现那名男子依旧是同样的装扮，孤身一人坐在窗边。

奥田先生这半年间递出去了上百封信。他一直把信放在包里，即便对方不承认自己是流浪汉也会塞给对方，有时候还会给同一个人多次塞信。

将信封里的500日元面额的电话卡换成钱填饱肚子也没有关系。只是，“不要再一个人独自烦恼了”。他希望对方能够在某个瞬间打消独自逞强的念头。可是，奥田先生的期待落空了，打来的电话只有十通左右。

“根本没什么反应，太惊人了。到底该怎么办呢……”

奥田先生绞尽脑汁想要做些什么，去接近这个群体。

随后，奥田先生开始辗转于北九州市内的网咖。虽说是兜转，但不可能在店里走来走去，也不能在店里跟人攀谈。即便如此，奥田先生还是要去网咖，他有着自己的考虑。

在快餐店里陷入孤立之前，“三十代”流浪汉便是在网咖度日。他要从“住在”网咖的年轻人入手。应该让身怀少量资金在外游荡的流浪汉意识到自己是流浪汉。

奥田先生跟前台店员说明了情况。

“能不能允许我将信放在你们前台？”

三十五六岁的店长回答道：

“即便知道对方是流浪汉，只要付了钱就跟其他客人没有区别。这会导致客人流失。”

的确如此。每晚支付1 200日元的客人是流浪汉也好，还是单纯为了打发时间也罢，都与店家没有任何关系。“抱歉在您这么忙的时候打扰您。”奥田先生说着走出了店门。

在电梯中，奥田先生这么跟我们说道：

“你看到刚才那位店长的衬衫了么？皱巴巴的，泛着黄……他估计也是处于水深火热之中，距离成为流浪汉仅一步之遥啊。日本接下来会变成什么样子呢？”

奥田先生面对的，并不只是那些已经沦为流浪汉的人的问题，而是大多数三十几岁的人都会遇到的普遍性问题。今天安全了，那明天自己会变成什么样子呢？谁也不知道。

“我们开口打招呼，也是要特别留心的哦。”

在夜巡回来的路上，奥田先生开口对我们道：

“在路上跟人搭话的时候，那种‘我来帮助你吧’的语气伤害到了对方的感情，因而以失败告终的情况经常发生。不过呢，在深夜的快餐店中上前搭话的紧张感可以说是前所未有的……总觉得自己的一句话可能会深深伤害到对方的内心。那是触碰到当事人‘最后的心之堡垒’的恐怖瞬间啊。”

若是无人打破沉默，问题就不会朝着解决的方向发展。所以，奥田先生鼓起了勇气不断跟他们攀谈。

“他们在路上还是在店里都无关紧要，紧要的是他们根本没有‘自己是流浪汉’的认知。可是，人类如果不能承认自己的软弱，不能认清现状的话……要摆脱困境，最重要的起跑线就在于认清自己的现状。他们做不到这一点。很难啊……”

援助流浪汉的专家也没能找到解决“三十代”流浪汉问题的办法。奥田先生说，只能一次次地走到流浪汉身边，帮助他们每个人抓住自立的机会。

“家人若是无能为力，你就来我家吧。”

采访中，我们曾多次造访奥田先生的家。通往客厅的走廊墙上挂着的全家福吸引了我们的目光。

奥田先生与妻子、读高中的长子、读初中的长女以及读小学的次子组成了五口之家。

在其中的两三张照片上，我们发现几名一起拍照的年轻男性的身影。

“这几位是？”

“表情很不错吧？他们原先都是流浪汉，之前跟我们生活在一起，现在已经自立了。”奥田先生高兴地告诉我们。

仅仅通过照片，我们也能看得出这两名男子曾经在这个家里生活过。根本不愿与人交谈的“三十代”流浪汉中也还是有鼓足勇气迈出第一步的人的。

“现在家里也有位一起生活的‘三十代’人哦。我给你们介绍一下。”

说着，奥田先生开始招呼在里屋的男性。

“黑崎君，能来一下吗？”

从里屋里走出来的，是名看上去也就二十三四岁的小个子男子。他似乎有些顾虑，来到我们面前，打了招呼。

黑崎孝一郎先生（化名），30岁。

他是在2009年12月的夜里，在小仓站附近的商业街被奥田先生叫住的。他当时身着衬衫，外穿黄色外套，正匆匆走过。

“一眼看上去他像是在回家途中。也许是我的第六感吧，当时我毫不犹豫地出声叫住了他，果然没有认错。”

奥田先生绘声绘色地跟我们描述了一个月前相遇时的情形。

“其实，被叫住的那天，是我30岁的生日……”

黑崎先生也开始讲述自己的故事。

高中毕业后，黑崎先生在寿司店做了厨师。工作两年后，由于跟店主关系不和而辞去了工作。自那以后，他一直靠给人家做厨师维持生计。2009年3月，他再次离开了工作的餐馆。

由于在店里人际关系处理不好，他便决定从事一个人就能完成的工作。于是，他便以实习生的身份去了地方上的大巴公司。然而，关乎乘客安全的工作比预想的责任更重大，他在研修阶段便造成了大巴车的剐蹭事故。

面对周围“你不适合”的声音，他没能表现出纵有困难自己也要努力克服的决心。

“结果，研修还没结束就被解雇了。未被正式录用。”

黑崎先生在失去工作的同时背上了债务。

“考取大巴车驾照的费用由公司先行垫付，然后从工资中直接扣除。但是我根本没有钱……”

此时，黑崎先生才跟父母摊牌，告知了来龙去脉，请家人帮忙垫付了10万日元。之后，他便回了老家，开始了找工作的生活，可是进展不顺利，他跟父母之间也生出了摩擦。

“当时总觉得不是社会的错，完全是自己的错，再也不想给父母添麻烦，让他们担心。我再也压抑不住这种情绪，就从家里逃了出来。”

黑崎先生描述了自己成为流浪汉的心路历程。

那之后的两个星期，黑崎先生承受着绝望感的折磨露宿街头。

“生日睡在这里可不行。”

在路上叫住他的奥田先生将信封和5 000日元递给了黑崎先生。

那是装有题为“致亲爱的你”的信和电话卡的信封，5 000日元则是住宿费。

黑崎先生虽然对这场偶遇困惑不已，那天夜里还是在3 000日元左右一晚的商务酒店里熟睡了过去。

“刚开始还是很警惕的。心想会不会就这样被贫困商业[①]给卖了。但是，他能够看穿身着西装的我是流浪汉，我还是有些放心的。”

为了与人擦肩而过时不被认出是流浪汉，他是特意穿着西装离家出走的。可是，在这两个星期与人毫无瓜葛的街头生活中，唯有孤独的情绪在不断膨胀。

黑崎先生在奥田先生家住下来是在相遇后的次日。他按照信中的联系方式打去了电话，向奥田先生倾诉了成为流浪汉的来龙去脉。于是，奥田先生劝他来自己家生活，哪怕只是在找房子或者准备找工作这段时间里也好。

一头雾水地来到奥田先生家，开门迎接他的奥田太太和孩子们都表现得非常自然。

“就像是表哥要来家住几天的感觉。孩子们也会很自然地跟我交谈……”

黑崎先生非常惊讶。

在这种环境的包围中，黑崎先生开始着手准备重新迈向自立。

最初面对我们时满脸顾虑的黑崎先生，在诉说着跟奥田先生的相遇中也慢慢展开了笑颜。

---

① 日本社会活动家汤浅诚提出的概念。指的是以贫困阶层为目标群体非法营利、致使贫困固化的一系列商业行为。

“如果不能回到家人身边，就来我家吧。”

对于奥田先生这样坚持不懈的邀请，终于有年轻人出来响应了。迄今为止的采访中未能目睹的、“三十代”流浪汉走向自立的奋斗即将开始。

作为奥田家的一员度过的每一天

与黑崎先生见面后的第二天，我们再次造访了奥田先生家。早上7点半，手势生疏地系着领带的黑崎先生正站在洗脸台前。

“今天要去面试。”

今天是职业培训学校的考试日。在奥田先生的帮助下申请了生活保护的黑崎先生决定去培训学校学习，期望能获得养老护理员资格。

“早上好。”

黑崎先生的问候真的充满了活力。他进到客厅，跟奥田先生一家打招呼。

“很帅嘛！跟当初在商业街碰到的西装打扮完全不一样了。”

可以感觉得到，奥田先生的情绪也高涨了起来。

黑崎先生来到了在厨房准备早餐的伴子太太的旁边，开始帮忙做准备。

“会做饭，也能成为别人的坚强后盾。小黑真可靠啊。”

伴子太太揶揄道。黑崎先生满脸都是开心的表情，笑声也传了过来。那氛围就如母子一般。

吃过早饭，黑崎先生一脸紧张地动身去考试现场。

就像是将精心培养的儿子送入考场的亲生父母一般，奥田夫妻的表情真的很温暖。

“再来一次”大作战

傍晚，黑崎先生回家了。我们赶紧询问考试的情况。

“我觉得做得很好。如果我这样都不及格，还有谁能及格呢。就这种感觉。”

是虚张声势还是真的自信满满呢？我们无从判断。奥田先生回家后，在晚饭饭桌上也还在聊黑崎先生考试的事情。同样的，黑崎先生对奥田先生也给出了充满自信的回答。

“今天去参加不怎么习惯的考试，累了吧。快点去休息吧。”

奥田先生留意着黑崎先生的状态，表情变得有点严肃。

“他心里应该非常非常不安吧。”

奥田先生在黑崎先生回房间后跟我们说道。

“不过，这次不行的话，还有下次。我是这么想的……不光是黑崎君，处于流浪汉状态的‘三十代’群体的一大痛苦啊，就是失败的时候，自己身边没有声援团。就算在一件事情上失败了，摔跤了，要是有谁能在身边支持他，鼓励他‘再来一次’该多好。可能以前扮演这个职责的是父母或是朋友，不过现在就算重新去要求他们承担这个角色也无济于事。只要有做得了的人去做就够了。现在，我就是在黑崎君身边摇旗呐喊‘再来一次’的那个人吧。”

不惜花费大量时间支持黑崎先生走上自立的道路，这是奥田先生内心的决定。年纪轻轻就沦落为流浪汉的他们要真正实现“自立”，失败和挫折是避不开的。

奥田先生深深感到，这是个光靠找到工作或住处并不能圆满解决的问题，应该像家人一样在他身边支持他。

儿子带来的流浪汉援助工作的转机

在奥田先生家采访的过程中，他提起了上高中的长子。

“虽然一直鼓励别人加油再加油，其实我也曾经自暴自弃，觉得‘再也坚持不下去了’，希望别人‘都别来管我’……”

在持续了20多年的流浪汉援助活动中，奥田先生心里塞着一个不想让任何人插手的问题。那是4年前，还在上初中一年级的长子遭受校园霸凌，闷在家里闭门不出。热爱运动、充满活力的长子只要到了上学时间就称肚子痛，日日如此。就算逼问他也得不到任何答案。慢慢地，儿子早上不起床了。

面对儿子原因不明的痛苦的样子，奥田先生束手无策。后来才知道，原来是同学在霸凌儿子。有人在“学校内网”上说坏话，那人冒用长子的名字到处散播同学的坏话。奥田先生也曾鼓励儿子：“如果自己没错，就要去勇敢面对。”可是，儿子没有照做，只是越来越封闭自己。

此时，奥田先生的NPO活动步入正轨，他每天都忙于在演讲会上讲述流浪汉的现状，呼吁大家“生计艰难的人还有这么多，希望大家能够去靠近他们”。

留意到露宿街头的流浪汉，与其谈话到深夜的情况也时常发生。这时，长子的痛苦爆发了。

稍不留意，长子就爬上自家的屋顶，哭着遥望着远方。他还曾哭着收看谈及当时频繁发生的福冈县中学生自杀事件的Wide Show节目。

“好想从这个世界消失。”

面对静静流泪的长子，奥田先生什么都做不了。他生怕一不留神儿子就会选择自杀，每晚都会抱着马上14岁的儿子一起入睡。

明明一直在帮助陷入流浪汉状态的陌生人，却没办法向自己的孩子施以援手。

由于过度自责，奥田先生的身体垮了。他已经疲劳到了必须要住院疗养的程度。明明孩子身边片刻不能没人，自己却躺在病床上。奥田先生自责不已。

“帮帮我”是最初的语言

长子遭受霸凌，奥田先生住院，家庭危机接踵而来。伴子女士始终陪伴在丈夫和儿子的身边。长子怎样才能走出困境？奥田一家就这样困在了没有出口的隧道里。终于，某一天，长子主动开口了。

“我想去这里。想在这里努力看看。”

长子拿出来的，是位于冲绳县鸠间岛的一所中学的资料。在这所全国知名的中学里就读的，都是来自全国各地拒绝上学的学生以及处理不好同学关系的孩子。

奥田先生想要尊重主动提出去这所学校的长子的决定。可是，他也有点犹豫——让孩子离开自己身边，会不会是放弃了身为父母的责任？他也很介意周围的眼光，迟迟无法做出决定。

夫妇二人多次赶往鸠间岛，遇到了一对愿意帮忙照看儿子的夫妇。

奥田先生决定将自己不愿放手、一直紧握在手心里的长子托付给岛上的夫妇。

“请务必帮帮我！”

他不愿承认无法帮助爱子。放手的瞬间，是一直以来跟无数的流浪汉说过“可以多依靠我”的自己第一次因为无能为力而低头的时刻。

“请帮帮我！”

从这句话开始，问题一个接一个解决了。

对遇到困难的人来说，“如今什么是必要的？谁是必需的？”

经过这次长子的事情，奥田先生对流浪汉援助工作的看法自然而然地发生了变化。

以前，自己总想马上为对方做到自己能做的所有事，希望能够在旁边从头到尾目睹援助的全过程，但他现在会考虑，对眼前正在为难的人来说，“如今什么是必要的”，“现在谁是必需的”。

就算是面对自己的孩子，亲生父母也有无法处理问题、解决困难的时候。当体会到这点之后，在流浪汉援助工作中，他也开始与对方保持合适的距离。

而且，通过客观看待对方面临的困境，他渐渐看清了除了经济困难之外，那人可能会有的其他各种问题。每个人面临的困境各不相同，但是通过与家人和兄弟姐妹修复关系，经济上的困难随之逐渐改善，这样的情况正在增加。

不过，他同时也意识到，当父母家人都无法解决问题时，如果一味强求，那谁都不会得到幸福。

“不是家人也没有关系，有人能够陪在这个人身边是最重要的。”

奥田先生这样告诉我们。

黑崎先生的起航

黑崎先生为了能够去养老护理员培训学校而参加了考试。考试结束一周后，学校公布了考试结果。

顺利合格。这是条20倍倍率的独木窄桥。

“总之，我会在安排给我的场所拼命努力的！”

黑崎先生迈向自立的道路开始敞开了。

“这次没用上‘再来一次’大作战。”

奥田先生高兴地跟我们发暗号。

黑崎先生在进入培训学校学习的同时，也开始修复同父母之间的关系。

还是流浪汉的时候，黑崎先生与住在北九州市内的双亲处于断绝关系的状态。在成为流浪汉之前，彼此之间的关系就不好。严厉的双亲根本就不把没有工作的儿子看作是名合格的成年人，对他很严格。

奥田先生在遇到黑崎先生的次日曾经向他确认过：

“要回父母家吗？”

“我没脸见他们。”

“你想见你爸妈吗？”

“想。”

“想见他们的话，黑崎君就在我家住到能挺起胸膛堂堂正正见他们的时候吧。”

奥田先生觉得，对黑崎先生来说，修复跟父母之间的关系是最重要的。

有奥田先生从中帮助，黑崎先生一家的关系正在慢慢修复。黑崎先生的双亲最初无法接受完全是陌生人的奥田先生来帮助努力寻求自立的儿子。看到跟奥田先生一起来家里汇报自己要去职业培训学校学习的黑崎先生，严厉的父亲也很高兴，满目泪光地说着“以后也请多多关照”。

现在，黑崎先生在养老护理员培训学校附近租了间公寓，独自生活。他领取着生活保护金，为了今后的求职而努力学习。

黑崎先生从奥田家搬走的那天夜里，跟我们说了下面这番话：

“在同奥田先生一家生活的这段时间里，看似普通的点点滴滴每天都给了我无穷的力量。帮忙去买点东西，做做饭，打扫一下浴室。在做这些事情的时候，会有人跟我说‘谢谢’，说‘好好吃’。说真的……我真的很高兴。当时真觉得，人只靠自己一个人是活不下去的啊……”

想着自己必须要做点什么，最终决定独自一人去做流浪汉的黑崎先生，由于跟奥田先生及其家人的相遇，切切实实地积极向着自立的道路迈出了第一步。

“偶遇时见到的那张脸就像做梦一样不真实啊。”

奥田先生泪眼婆娑地将黑崎先生送出了家门。

具有长期化倾向的“三十代”自立之路

通过采访，我们得知，如黑崎先生这样，在短短一两个月间就能够抓住自立机会的人少之又少。特别是对于那些决定“自己想办法”，不跟任何人商量的“三十代”流浪汉来说，一旦长期过着孤立的生活，莫说是自立，很可能会滑向死亡的边缘。

街头生活长期化的一个原因，就是陷入失去生存目的的状态，自己无法迈出下一步，停滞不前。

生存目的之类的说辞，或许听上去像是漂亮话，可是，奥田先生总是努力去寻找对方一定会拥有的——本人也没有觉察到的，或者已经忘却的——“生存的希望”。仔细倾听对方的倾诉，自然就能够发现他所珍爱的是什么。

“首先，要仔细倾听他的话。这时候，产生‘我也这么认为’的感觉很重要。‘原来是这样啊’——从谈话中可以了解到很多。虽然所处的环境和面临的状况各不相同，但是感到受伤或者钻入死胡同时的状态有很多与自己的经历是重合的。所以，找到与对方的共同点时，流浪汉和普通人之间的鸿沟就会消失，就可以一起面对问题。你不会觉得这是与己无关的事情，而会被对方的话一点点吸引。”

奥田先生并不只是找出对方的“生存的希望”。花时间跟对方不断交流的过程中，对方也可以靠自己的力量发现“生存的希望”。不过，奥田先生也指出，即便找到了希望，也很容易因再次遭遇挫折而一蹶不振，这是“三十代”群体的弱点。

与孤独无依的“三十岁”流浪汉金子先生相遇

2008年1月。奥田先生和志愿者们在小仓站的高架下发现了一名精神恍惚呆坐着的男性。一脸胡子的男子满眼的茫然。

被发现的这位是金子先生，30岁。自两个星期前就过上了流浪汉的生活。

与大分县的精密仪器制造商的派遣合同到期后，他失去了住处。跟家人已经有十多年没有来往了。他本打算回到出生长大的福冈市，可是，考虑到北九州市应该比福冈市有更多的工作机会，就在回大分县的途中下了车。拿着最后的6万日元工资，他露宿在了小仓站前。

也许是因为慌慌张张被赶出职场的疲惫吧，金子先生在路边陷入了沉睡。等醒过来的时候，他发现装着6万日元的钱包不见了。工作、归处、钱财，什么都没有了。正在绝望之际，有人跟他搭话了。

“如果没有可去之处正在为难的话，你可以跟我说。”

可是，金子先生并没有马上回答。对方留下的联系方式，就这样被搁置了几个小时。

那天是NPO法人“北九州流浪汉支援机构”在小仓站前进行例行募捐活动的日子。跟金子先生搭话的工作人员为了帮助流浪汉而在大声募集资金。

金子先生心不在焉地注视着他们的行为。这个NPO团体不会是“贫困商业”集团吧？他虽然浑身无力，但也在仔细观察他们。傍晚，募捐活动结束时，NPO的工作人员又跟金子先生攀谈了起来。

“没地方去的话，我们可以提供睡觉的地方哦。”

金子先生接受了对方的提议。

NPO也运营公寓和公共设施，但是金子先生还是暂时住到了奥田先生家里。伴子太太马上收拾好了床铺，并准备了适合疲惫不堪的状态下吃的食物。金子先生感到很奇怪，陌生人为何要做到这个地步？

金子先生跟奥田先生的家人同吃同住，洗浴也不分家。有时候大家都要出门，还会拜托金子先生一个人看家。金子先生在从未体验过的关系中慢慢回顾了跌落到流浪汉生活中的自身境况。

“如果没有遇到这个人，我这时候恐怕已经不在人世了吧。”

虽然这样想着，但他还是没有打从心底里相信奥田先生的好意。

“要是情况不妙就赶紧逃。”

不过，根本就没有情况不妙的时候。在奥田先生家生活的这段时间，他反思了自己的工作方式和生活方式，也办理了申请生活保护的手续。他甚至打算跟疏远的父母重新取得联系，可已经不知道老家的联系方式了。回家乡探访，老屋也已经是人去楼空。

奥田先生在参与流浪汉的援助工作过程中，目睹了各种各样的家庭状况。对五六十岁的流浪汉来说，与家人失去联系并不罕见。父母离世、子女独立生活的情况很多。

金子先生的状况是个特例。即便考虑要搬家，不跟亲生儿子联系就悄无声息地搬走，也够令人惊讶的了。

对于频繁在派遣劳动的职场兜兜转转的“三十代”群体来说，比住处更重要的是手机。通过采访，我们了解到，有些人会尽量通过手机跟父母保持联系。可是，很多成为流浪汉的人由于无法使用手机，渐渐跟家人失去了联系。

“毕竟我家一开始就是支离破碎的。”

“自己的生存之道只有当流浪汉啊。连想不想活下去都不清楚。”金子先生浑身透着一种虚无。

说不出“帮帮我”的沟通壁垒，靠一个人是无法打破的

虽然没能找到可以依靠的家人，金子先生还是迈出了自立的第一步。

他顺利租到了在生活保护金范围内可以承担的公寓，距离奥田先生家骑自行车只需要5分钟。为了能够随时跟奥

田先生见面，他特意选择住在附近。

金子先生起初怀疑过奥田先生。面对如亲人般支持自己的奥田先生，他曾经满怀戒心，想要“尽可能地利用他”。

可是，同奥田先生一家生活在一起，开始思考自己今后的人生时，他找到了那个能够真心说出“拜托您了”的自己。

“在同奥田先生一次又一次的谈话中，自然而然地开始希望对方能够施以援手。对我来说，奥田先生是不可或缺的存在。对那些跟我一样的人来说，说不出‘帮帮我’的沟通壁垒，靠一个人是无法打破的。”

金子先生回味着同奥田先生度过的日日夜夜，跟我们说出了上面这番话。

与父母断了联系的金子先生，想要诉苦却始终找不到人倾诉，也许金子先生就是这样沦落为流浪汉的吧。金子先生每周都会去奥田先生家拜访多次，闲聊几句后回自己的公寓。

“就觉得有归处吧。现在，跟奥田先生聊天能带给我安心感。”

金子先生字斟句酌的话语让我们记忆深刻。

金子先生失踪

金子先生摆脱露宿街头的生活已经有一年了。

他在护理中心做了养老护理员。在就业寒冬中找到的这家工作单位对金子先生的评价很好，金子先生本人也渐渐恢复了充满生气的表情。

可是，金子先生突然从奥田先生他们的视线里消失了。

手机和钱都没有带走。

“不会是自杀了吧。”

奥田先生脑海中闪过了一丝不祥的想法。

金子先生的自立之路应该是顺利的。可是，无论怎么寻找，都没能发现他的踪迹。

奥田先生一有时间就会到金子先生可能去的地方寻找，还曾经开车去北九州市外的福冈市。没有任何线索，可奥田先生没有放弃。

在金子先生失踪两周后，奥田先生对我们低声说道：

“可是，这么说吧，就像家人一样。我跟金子君之间终于建立起了某种联系吧。”

我想起了雷曼冲击之后开始出现的“三十代”流浪汉感叹以目前的样子无颜见父母的情形。金子先生现在应该是无颜见奥田先生。

扎扎实实地一步步走向自立，说着如果没有与奥田先生相遇，“自己恐怕已经不在人世”的金子先生，一声不吭地消失了。

发现他失踪的时候，奥田先生对金子先生的这种行为“完全无法理解”。

“我理解不了啊，这种情况。工作找到了，自力更生的准备也做好了，真的，接下来就是靠自己的力量生活下去的阶段了。如果能切实走下去，甚至可以停止接受生活保护啊……”

不过，过了一段时间，他又开始温和地说起来：

“可是，不能完全理解的话，事情就无从开始了吗？虽然我不能理解金子君的做法，可不彻底理解他，就不能帮他吗？能不能理解和是不是一起生活下去，这肯定是两回事吧。”

奥田先生心中对金子先生的看法慢慢发生着变化。

如果没有理解、谅解并达成一致，人与人之间就不能建立起联系吗？

如果现在的社会是这种状态的话，“三十代”流浪汉要披荆斩棘走向自立几乎是不可能的。

奥田先生一直希望能够跟金子先生说：“你并不是一个人。让我们一起找到‘生存的希望’吧。”

发现金子先生

失踪三周后，金子先生在北九州市内被找到了。他是在身无分文回公寓的时候被NPO的工作人员发现的。金子先生没有做任何辩解。

他只说了一句话——“我想丢下所有的东西逃离这里。”

奥田先生马上赶到了金子先生身边。

满脸都是胡子，他比2008年冬天初遇时更憔悴了。金子先生坦白说在失踪途中本想跳楼轻生的，可最终没能下决心。

经过仔细询问，他失踪的原因是忍受不了职场中的不安。最终，他逃了出来。

“很害怕被贴上‘这家伙不行’‘这家伙没用’的标签。”

金子先生后来跟我们说道。

曾经从社会的齿轮中脱落，金子先生年纪轻轻就成了流浪汉。

开始从事养老护理员的工作后，他很介意周围对自己的看法，内心十分不安。

有没有辜负对方的期待，自己到底有没有用？这种不安与日俱增，渐渐地，他也没办法跟平时交流颇多的奥田先生言明心中所想了。

金子先生的失踪骚动让奥田先生再次深切感受到，“三十代”流浪汉重新站起来真的很难。

“生活保护”“自己的家”“联系方式”“再就业”。他们有着具备这些要素也无法大步向前的理由。那就是，他们并没有“自己真实存在的实感”。

要让他们获得这种实感，方法只有一个，那就是不吝惜时间跟他们真心相对。奥田先生确信，心灵的支撑才是陷入流浪汉状态的“三十代”年轻人重新自立所不可或缺的。如果缺少了这一点，是不可能自立的。

“今后的人生要如何度过？为什么而活？”

当开始认真思考的时候，他们身边有没有人陪伴是至关重要的。“单单靠生活保护等制度，他们是不可能得救的。并不是社会去拯救他们，人与人之间的牵绊才是救其于困厄的关键。”

奥田先生在同众多“三十代”流浪汉的交往中逐渐开始感受到了这一点。

金子先生“生存的希望”是“总有一日要见到父母”

金子先生被找到后，奥田先生让他住进了自己家。又一次，他作为奥田家的一员开始生活。满脸尴尬的金子先生也渐渐露出了笑容。

在奥田先生家生活了一个月后，金子先生身上发生了变化。注意到这一点的，是伴子太太。

“怎么说呢，最近金子君一直在讲妈妈的事情哦。”

“不知道为什么，就经常会想起她。”

“比如说妈妈的这道菜很好吃啦，她这时候会很温柔啦。”

金子先生有些羞赧地从我们身上移开了视线。

“不过，能够回忆起那些事，真的是太棒了。”

伴子太太也很高兴。

“我现在还是没脸见我老妈啊……不过，总有一日会去见她。”

奥田先生一直盯着金子先生憧憬的表情。

“金子君，这不是有活下去的意义嘛……就是看你想怎么做，也就是‘你想要活成什么样子’呀，仅此而已。把想要见到母亲的心思放在心中，努力活下去就好了呀。”

奥田先生说道，用比以往还要温和的语气。

金子先生唯有频频点头。

可是，此时，失踪前根本没有过的想法在金子先生的心中扎下了根。

“想活下去。”

这是做流浪汉的时候根本没想过的话。

金子先生要真正一个人自立，今后或许还会遇到各种各样的事情。每逢那个时候，“这样不行啊！我们还有下次机会！”——奥田先生便会在金子先生身边不断鼓励他。这样之后，金子先生还会迷茫的话，他也许会跟金子先生一起去寻找“生存的希望”吧。

对身处困境的他们来说，思考“什么是必要的？谁是必需的？”是一项需要不断重复的工作。在由此产生的关系中，人必定会活下去。

“帅哥”流浪汉入江先生的来电

找到金子先生一个月后。奥田先生意外地接到了一通电话。

打来电话的，是觉得“成为流浪汉是因为自己不够努力”，不断自责的入江幸平先生。不管是免费食物分发点，还是在夜巡过程中，已经有近半年时间没人见到入江先生了。

我们采访组也曾遍寻不见他。这时候，他突然来联系了。似乎是看到了奥田先生送出的“致亲爱的你”的信才打来了电话。

总之先见一面吧。奥田先生马上跟入江先生碰了面。

见面的地点是小仓站。入江先生穿着一件薄款摇粒绒衫。夏天时随身携带的运动包换成了双肩包。在未露面的半年间，或许是经历了诸多苦难，白头发比以前多了许多。

“喂！还活着嘛！”

奥田先生快步走到入江先生身边。

“勉强还活着。”

入江先生看上去依旧在过流浪生活。

“吃饭了吗？”

“没有……”

“好。我们边吃边聊。”

在走向餐馆的途中，入江先生开始诉说这段时间自己的生活。比如开始接受生活保护，比如现在住在网咖里。这次联系奥田先生的理由也真相大白。

他想跟奥田先生说：“到了5月份，生活保护金中可以拿出部分来租间公寓。”他想告诉很久以前就挂念自己的奥田先生，自己终于开始走上自立之路了。

两人在乌冬面馆边吃边继续交谈。

“给你那封信后已经过了相当长的时间，为什么不马上联系我？”

“那时候，觉得自己还能坚持的感情占了上风。自己所处的环境一成不变的话，根本就……怎么说呢，比起在毫无起色的状态下联系，我还是更想让您看到我的哪怕一点点进步，所以就拖到了现在。”

奥田先生一直仔细听着入江先生的话。在入江先生心中，“自己想办法”的想法依旧存在。奥田先生认为，是这种想法推迟了入江先生迈向自立的时间。

“一直以来，我们都没有好好聊过吧。机会难得，今天我们就好好聊聊吧。”

此时，奥田先生已经决定要助入江先生一臂之力。

离婚，以及与孩子的分离

谈话间，我们了解到，入江先生有个已经离婚的妻子和一个一岁半的儿子。他之前从未跟奥田先生说过这件事，一直隐瞒着。

“为什么结婚才一年就分开了呢？”

“那时候，我在弹珠店工作，手下有将近10名员工，管理工作非常忙碌。孩子也刚刚出生，我觉得必须得好好赚钱。可是，夜里工作结束后经常直接住在店里，离家也远……有时候回了家也会觉得没有自己的立身之所……”

“住在老家吗？”

“住在妻子老家。工作时间长，也见不到家人。渐渐开始不理解工作究竟是为了什么。于是，自己决定辞职。”

入江先生做出这个决定后，遭到周围人的严厉批评。特别是妻子的母亲，提出要让他跟女儿离婚。

“本来，我岳母就不喜欢我。借着辞职，她提出让我们分开。我想跟孩子一起生活，可是没有工作的我根本没资格提这种要求……就离婚了。”

“孩子现在多大了？”

“一岁半了，是个男孩。”

“分开后一次都没见过吗？”

“没见过。”

“想见他吗？”

“……就算我想去见他，大概也没法见他。”

“你是说以目前的状态根本没法见他吗？”

“是的。毕竟现在的生活比分开那会儿更糟。”

“我再问一次，想见他吗？”

“想见……可是……”

“先不说能不能见得到。如果你想见他，入江君你今后不就有了生存的意义和工作的意义了嘛！我们一起努力！”

“……”

“在街头一个人生活的日日夜夜中，带来活下去的力量的，是孩子的存在，是已经分开的前妻的存在，是想要再次见到他们的渴望……归根结底，我认为，能带给人类生存的意义的，正是自己之外的其他人啊。”

在今后走向自立的道路上，某些人的存在显然是必不可少的。我们还是不要总想着一个人去寻找答案了。奥田先生反复开导着入江先生。

“今天我特别想告诉入江君，如果你还是一直强调是自己的错，这也没有关系。正因如此，才有我的用武之地啊。我会在你身边，一直告诉你，‘你是有不对的地方，可是也有这么多优点啊’。在5月住进公寓前这段时间，要不要来我家住？”

“……我知道了。让您费心了。”

比旁人更加强烈地希望自己能够做点什么的入江先生接纳了奥田先生。我们目睹了这一瞬间。

又一名“三十代”流浪汉开始在奥田家生活。

回到奥田家的时候，已经过了深夜1点。“快请进！可终于来了。”伴子太太看上去已有些困意，但还是温暖地迎接了他。

“好不容易才相遇，才有了这段时光，希望你可以回顾自己的过去，有意义地度过。不用过多在意我们。”

伴子太太话音刚落，入江先生马上答道：

“我马上就会离开，尽量不给您添麻烦。”

“都到了这个地步了，还要说那种话吗？”

奥田先生严肃地跟入江先生说道。

入江先生总是会不自觉地贬低自己。

听上去像是很谦虚的发言，实际上也是一种想用此类发言来隐藏自身的恶习。“是自己的错”这句话中也像是包含了一种自我防卫的意味——“所以不要再过于苛责我了”。

这不只是入江先生的问题。这类人深受自我责任论之苦，而另一方面，或许也一直将自我责任论当做挡箭牌吧。奥田先生肯定也察觉到了这一点。也许对他们来说，自我责任论既是毒药，亦是解药。

“在我们奥田家，不允许自虐哦，不要自责哦，就这么说定了。”

“明白了。”

入江先生答应了。不过听说接下来的每一天，他都会被奥田先生纠正很多次。

在自己看来稀松寻常的行为，如果有人在旁边客观地观察指出，那这些固执的部分也会开始变得柔软开放。陪伴肯定可以改变一个人，奥田先生心怀这一信念，慢慢走近入江先生。

入江先生小心翼翼保存着“致亲爱的你”的信

仅仅过了数日，入江先生就搬去了公寓。

出发的那天早上，入江先生把跟奥田先生初遇时收到的“致亲爱的你”的信展示给我们看。他将信放在了透明文件夹里，小心翼翼地随身携带着。

“虽然一直都没有联系奥田先生，可每当我看到这封信，就会自我激励，总有一天要联系他……今后，我也打算要时不时去奥田先生家拜访。”

入江先生的笑脸真是久违了。

现在，入江先生住在公寓里，积极准备找工作。如今的生活基础是生活保护金，不过他告诉我们，等找到工作，希望能够尽快结束生活保护。

三十岁的他们需要的是“陪跑型援助者”

奥田先生从事流浪汉的自立援助工作已经有20多年了。对他来说，当初，“三十代”流浪汉的出现并没有成为一个严峻的问题。

可是，随着同他们的深入接触，他发现他们身上有两点跟过去的援助对象不同的地方。

一是“强烈的自尊心”，二是“很容易陷入孤立状态”。奥田先生认为，同时关注这两点，是帮助他们走向自立的捷径。

第一点“自尊心”，指的是非常重视自身的“尊严”。对于“坚持做自己”的执念非常深。奥田先生告诉我们，这种意义上的“尊严”是“非常正面意义上的”。

第二点是指在内心某处觉得“一个人待着很舒服”。因此，他们很难被周围的人影响，完全遵循自己的方式行事。

奥田先生并不是觉得他们的这些特征不好，只是，通过“三十代”流浪汉的特征，他提出“他们身边需要有人陪伴”。奥田先生将其称为“陪跑者”。他们迷路了，得帮他们找回原来的路。想要让他们心怀“生的希望”不断跑下去，在一段时间里，“陪跑者”是必不可少的。

也许，以前是家人或公司承担了这样的责任。如果他们遇到了问题，无法履行这一责任，社会是不是应该代为履行呢？

奥田先生在工作中发现了一个事实：“人是依靠他人活着的”。或许整个社会已经丧失了这样的想法吧。

第六章　“三十代”的危机

平野启一郎（作家）

参加节目的理由

2009年10月，我参加了NHK电视台的现代特写节目。我参加的这一期围绕住在北九州市门司区的39岁男性孤独死这一令人痛心的事件进行了采访。

男子离世时留下了一封信，上面只写了一句话："帮帮我"。

在上节目之前，我跟工作人员做了事前沟通，相较于年轻人身陷经济困境的问题，我们更希望可以聚焦如今的"三十代"群体心理的问题、内在的问题。节目组没有邀请专注于解决贫困问题的NPO团体的相关人士，而是特意邀请了身为小说家的我参加节目，其原因正在于此。

为什么他没有向周围的人开口求助，以寻求一杯之羹或工作的机会呢？我是北九州人，年龄也跟这名男子相仿，听说这件事的时候深受冲击。

而在这件事发生之前，我就已经在思考如今的"三十代”群体的问题。21世纪是“年轻人的危机”以各种形式暴露出来的时代。派遣合同到期、沦为流浪汉等，各种各样的媒体都开始报道年轻人面临的种种困境。

年轻人真的很艰难吗？

前几日，我偶尔乘出租车，司机突然跟我攀谈起来。“像客人您这样的年轻人过得艰苦，说到底还是因为老年人增多，年轻人工资低却不得不负担大量老年人的养老金。”说起来滔滔不绝。他大概经常跟客人闲谈年轻人生计艰难的话题吧。

同时，也可以听到“年轻人真的很艰难吗？”的声音。有本题为《“年轻人可怜论”的谎言》（海老原嗣生著，扶桑社新书）的书，标题非常有话题性，在考虑如今的年轻人问题上极具启发性。

比如，关于网咖难民，据说全国有6万人，他们全部都是日结的派遣劳动者吗？从一到深夜12点客人便急剧增加的情形来看，会不会大多只是未赶上末班车的人呢？另外，原以为在没车代步就去不了的郊外，或接受短期派遣的公司较少的地方小城市，网咖中网咖难民数量不多，大城市繁华街道上的网咖中才聚集了那“6万人”，可人员分布却并非如此。根据作者的计算，网咖难民中的常客有5 400人，连同偶尔去一去的人大概有9 000人。另外，人们常说年轻人（15岁到24岁）中每2人就有1人是非正式雇佣劳动者，可实际上大学生兼职也被计算在内，作者认为这也与所谓的非正式雇用不是一码事。

与之相关联的，作者在这本书中强调的另一个问题，是教育部行政上的失败导致大学数量增长过快。1985年，全国仅有460所大学，2009年急速增加到了773所。大学生数量也从1985年的184.8万人增加到了2009年的284.6万人，增加了100万人之多。当然，出生率在持续降低。因此，以前高中毕业后就打算在当地中小企业就业的人都去考了大学，为了能在大公司工作纷纷挤破头去参加招聘考试。作者指出，这就是如今就业难的真实状态，其实大公司的招聘人数并未减少。

我们在研究社会问题的时候，只能基于数据。可是，根据解读数据的角度不同，就可能会导致数据的误用和滥用。关于这位作者的数据解读方式，或许也会有人提出异议，可重要的是在公开场合进行批判性的论证。

其实，在这本书中，作者也对我参加的那期现代特写节目有所批判。作者认为，数据上并没有显示出现今青年群体中饿死人数有明显增加的趋势，该节目却向观众传递了这种错误的印象。正如我最初提到的，那期节目的主题是如今的“三十代”群体内心的问题，所以虽然在这一点上有所分歧，但从多方位考察如今的年轻人所面对的困难，指出了容易被遗漏的事实，就这点而言那期节目就值得一看。

经济二次探底的1998年

那么，就先从我个人的事情说起吧。我大学在读期间凭借《日蚀》这部小说出道，那是在1998年。前一年年末，山一证券破产的新闻铺天盖地[1]，而泡沫经济破灭后，90年代前期稍微有所好转的景气再度恶化，在1998年二次探底。

如今回想起来，那时周围的氛围是真的一团黑暗。不管怎么说，京都大学毕业后去大公司工作的人大有人在，可是在京都其他名校就读的朋友找工作就非常困难了。

有人虽然拿到了内定，却不知道自己究竟为何工作，整个人处于虚无的深渊，不去入职；有人明明可以进大公司工作却选择辞职，自己创办风险企业。那是个对将来有着极大不安的时代。很多人去不了真正中意的公司，退而求其次去了第三、第四志愿的公司——根本不是出于本意，想着必须得开始工作而就职的人也比比皆是。

年满30岁时辞职的案例多发生在这个时期，在我的印象中女性居多。就业时处于冰河期，于是暂且先工作，在二十几岁的年纪想办法努力看看。可是，这份工作跟自己想做的事情完全不一样，30岁前不做决断的话，这一生也许就这样了——在这个时期，我周围很多人都辞职转行了。

《日蚀》是一本以中世纪末期的欧洲为舞台的小说，讲述当贯穿欧洲中世纪的基督教世界观开始崩毁，主人公神

① 山一证券是日本当时的四大证券公司之一，1997年11月即将迎来创业百年之际，突然宣布“自主废业”（主动申请停业），引起日本乃至国际金融界的轩然大波。

学院学生所经历的神秘体验。我深深感到，那个世界有着一种强烈的现实感。不过，这部作品获得芥川奖的时候，社会各界的反响多种多样。

首先，我被称为当时最年少的获奖者。事实上，还有其他顶着最年少的头衔、同样在23岁获奖的作家。这些获奖作品有丸山健二先生的《夏天的河流》、如今的东京都知事石原慎太郎先生[①]的《太阳的季节》以及大江健三郎先生的《饲育》，还有村上龙先生的《无限近似于透明的蓝》，他也是以学生的身份获奖的。

其中，也有人批判说，《太阳的季节》和《无限近似于透明的蓝》这两部作品都表达了同时代年轻人的心声，可平野启一郎的《日蚀》的舞台是中世纪的欧洲，根本没有为同代人发声。

起初，我对此完全没有在意，可是从某个时期起，我开始深入思考——自己这一代的声音究竟是什么？身为作家，要如何代表同时代的人？将同代人的心声写进作品是作家的使命吗？我开始思考。

代表同代人的声音在哪里

不过，从结论而言，为同代人发声是不可能的。

大家都说，如今的“三十代”从中小学生开始就熟悉电脑，可实际上那只是极少数。大半人是从Windows 95

---

① 本书在日本出版时，东京都知事还是石原慎太郎。石原已于2012年辞去知事一职。

问世的1995年前后开始接触电脑的，1998年、1999年前后开始使用互联网。那时候还是拨号上网，根本没有泡在互联网上的感觉。我们这一代真正开始熟悉互联网，是在2000年以后了。网络从ADSL更新为光纤，人们能够随时接入互联网，大量数据能够迅速进行交换。

在那之后，假如我在采访中提到"如今的'三十代'群体怀有如此这般的想法"，博客上就会出现这样的声音："你提到了如今的'三十代'，我也三十几岁了，跟你的想法完全不一样。被你这样简单粗暴地一概而论，对我来说是种麻烦。"我读到这样的留言，觉得非常有道理。

其实，《太阳的季节》也好，《无限近似于透明的蓝》也罢，要问是不是代表了同代人的心声，我觉得应该说那终究只是代表了极少数特殊的人群，作者应该也没有要为同代人代言的意思。

当时并不像如今这样，每个人都可以通过博客等途径自由表达自己的意见，所以那样的小说被看作是代表了某一代人的心声。又或者，事后回顾往昔，人们会觉得那代表了时代之声。反过来说，不具备信息发布手段的大多数人只能将自己这一代的心声托付给作家或在媒体上发声的人。

然而，进入互联网时代，个体能够自由地表达心中所思所想，大幕拉开之后才发现，原来大家心中所想各不相同。大家开始心生疑窦，一直以来所说的某某一代是这样或那样的，其实不过是虚构出来的吧。

从市场角度出发，认为团块世代[1]有某样倾向，所以做出某种商品能大卖的商业研判也好；认为新新人类都是某类人，所以做出他们会表现出某种投票行为的政治预测也罢——为发布一种具有高度概括性的信息，分类是非常方便的，可是个人的多样性也被掩盖得无影无踪。

在现实中，国民全员毫无例外共同经历的事情恐怕只有一件，那就是全民总动员下的战争。战争动员是不论个人好恶都必须参与的，所以“战争一代”的说法肯定是可行的。经历过战争的人以各种各样的形式受到战争的影响，那就会成为共同话题。

可是那之后，比如，就算某一代人被称作“披头士一代”，受披头士影响也是极小范围内的事。在对披头士毫不关心的人看来，被如此一概而论是不怎么愉快的吧。而如今所谓的团块世代，他们的父辈有着战争这一强烈的共有体验，这种体验构成了父辈那一代的同一性基础，团块世代则是失去了共有体验后被质疑年代同一性的最初的一代。然而，就像刚才提到的，年代论本来就是无法成立的。碰巧出生在同一年，那大家的所思所想就一样吗？未必如此。特别是乡村与城市、九州与北海道，生活环境不同，想法就会迥然不同。

从这个意义上来说，到了团块二代（团块世代的子女）这一代，大家在互联网上能够自由表达自己的想法和感受，因此虽说是同代人，却真真切切地表现出了多样性。我认

① 指日本战后第一个生育高峰期（1947 年至 1949 年）出生的群体。

为，这是从其身上能够明确目睹这一事实的最初的一代。

自我实现和自我责任

经历了21世纪前十年的不景气后，在业绩好转的企业跟迟迟不见好转的企业的股价开始拉开差距的时候，杂志上开始频繁出现“胜利组”企业、“失败组”企业的字眼。这是受小泉时代①的影响。人们经常说资产并非储蓄，必须进行投资，于是，“‘胜利组’企业应该在这里那里投资”的特辑在杂志等媒体上随处可见。事实上，将退休金全部投入股市，因雷曼冲击而血本无归的人也不在少数。

在我的记忆中，“胜利组”和“失败组”最初是用来形容企业的。努力经营的企业是胜利组，对股东的话充耳不闻的傲慢社长所在的企业则被称为失败组。不知从何时开始，这两个词开始用在了人的身上。收入高的人被归为胜利组，据说这些人都住在六本木新城②，而失败组的人则以非正式劳动者的身份工作——这种非常潦草的社会达尔文主义式的争论出现在2005年前后。

从各种意义上来说，这都是不对的。可这种观点对千禧一代的年轻人产生了极大影响。

另一方面，一直在思考“自己是什么，社会又是什么”的也是这一代，实际上，闭门不出的茧居族中占比最高的

---

① 指2001年至2006年，小泉纯一郎任日本首相期间。

② 又称“六本木之丘”，位于日本东京都的港区，是日本目前规模最大的都市改造计划之一，被打造为超大型复合性都市地区。

也是“三十代”。虽说自我探索之旅甚是流行，但踏上自我探索之旅最多的，正是跟我同一代的三十五六岁的人群。

回顾过去，我们这些三十几岁的人在上世纪80年代的教育改革中，从小学开始就一直被教导要重视个性、要看重个性，就如咒语一般。然而，等到了初中或高中，却渐渐不明白什么才是张扬的个性。老师总是强调个性、个性，那我们试着去烫个头发，或者改造下学生制服，这时却又被斥责说我们对个性有误解。那个性到底是什么？我那时候曾想过，喜欢棒球的人进棒球部拼命练习棒球是不是就算发挥了个性呢？

我是归宅部成员[①]，就算一直被要求个性、个性，可最终该如何发挥个性？我是完全摸不着头脑。那时候我最后想到的就是，将来可以做自己想做的工作或许就算是个性的发挥了吧。

“去做自己喜欢的工作”“做想做的事情是最重要的”“在社会中要发挥自己的个性”“要去实现自我”。这样的话听了无数次。在潜移默化中，“自我”与“职业的选择”非常强烈地结合在了一起，从事有人生价值的工作就一定能够证明自己的个体价值——随着慢慢长大，这种想法变得根深蒂固。

另一方面，人们高喊着团块二代要接受重视个性的教育，但那时却还未开始普及素质教育。这一代人数众多，经历了万人同闯独木桥的残酷的考试竞争。大学数量的确

① 此处应为作家的小幽默。所谓归宅部，应该就是放学直接回家。

增多了，可如果想考入排名靠前的大学，就必须得在人山人海的残酷竞争中胜出。回头看看才发现，其实我们这一代从高考那时候就切身体会到了一件事，那就是：成绩提高或者下降都取决于自己是否努力。拼命学习，成绩就会提高。可是，不努力，成绩就会下降。总之，这只与个人的努力有关，对其结果负责的只有自己。

“在社会中必须要实现自我”“只要努力就能够获得良好的社会地位”。从十几岁起就被灌输这两个观点的一代，正是这一代吧。

幻灭一代的连带意识

这一代把考大学当作理所当然的事，不问缘由，等到要找工作的时候才发现，就业人数多又遭遇泡沫经济破灭后经济二次探底，就业形势极其严峻。于是，很多想要从事能够发挥自己个性的工作的人找不到合适的机会。

那时候，如果大家全都如此，从某种意义上来说的确是产生了同代人的连带意识。比如，日本全国陷入了严重的饥荒状态，大家都在那时候受了苦。那十年之后，大家应该可以聊在一起，共同回忆当时经历的种种苦难。

然而，不管怎么说，日本实际上还是个学历社会，所以就算是同代人，也会分化出多种多样的结果。有人得偿所愿进了心仪的企业，有人虽不是心中所愿却也进了差强人意的企业，有人进了完全不喜欢的企业，有人没找到工作，或者还有人不知道做什么合适，就暂且做个自由职业者，想要找到自己真正想做的事情。

我自己就经常被问："如果没成为作家的话，现在会在做什么？"说实话，我不知道。而且，我觉得这种不知道自己会做什么的人的存在是理所当然的。因为，世上的工作种类、数量并非迎合人类的个性而生，而是为了人类社会生活的需要才被创造出来的。

比如，想寄信的时候，需要送信的人，于是便有了邮政局，并非是有人擅长送信才出现了邮政局。每一个人都有自己的个性，多彩多姿，但职业并不是为了适应这种多彩多姿才出现的。有需要，才有了职业。或者说，至少得是必不可少的职业，才能避免被淘汰，最终留存下来。所以，相较于人类的多样性，按需而生的职业种类还是非常有限的。

的确，有些人很清楚通过哪种职业可以使自己的个性融入社会，还有些人并不清楚该如何是好。打个比方，孩提时代就对人体感兴趣，关心食物如何在体内的消化系统中循环的人，会成为医生来实现自我的社会价值。

那么，如果对无法解释的事情怀有兴趣，又该如何呢？比如，沉迷于用牙签搭建精美城堡的人要通过什么职业来实现自我？若是像建筑家这种马上能想到的职业还好，但是也有完全不着边际的情况。托马斯·曼在短篇小说《小丑》中就描述了孩童时代沉迷于人偶剧的主人公，在成人之后完全不知道该做什么的故事。

另一方面，哪怕一些人喜欢写作、想成为作家，可社会上大概并不需要大量的作家吧。

努力也没什么好事发生的一代

也有人因社会必需的职业同自身个性之间的错位而苦恼，二十几岁的时候一边做着不可能做一辈子的工作，一边不断寻找真正展现自己个性的职业。这种情况下，以自由职业者的身份工作既不会对未来感到特别不安，体力也充沛，还可以同时兼多份工，跟旁人也能说自己现在随心所欲地工作是为了找到自己真正想做的事。

可是，等过了10年、15年，到了三十五六岁的时候，在求职季出现的分岔口走上不同道路的人们身上，便显现出了非常明显的不同。

入对了行，从事能够实现自我的职业的人，即使刚开始做的都是跑腿打杂的琐事，到了三十五六岁的时候，总会逐渐被委以重任，能够做些有意义的工作。勉强入职，可做着做着就体会到了自身内在价值、大为满足的人也不是没有。

与之相对的，一心寻找自己想做的事，从事自由职业的人到了30岁左右，会发现体力精力越来越不济，工作机会减少，收入也岌岌可危。另外，也有人并不是在寻找自我，而是无论如何也无法持续从事同一份工作。当然，也有拼命寻找也找不到工作的人，或是虽然有工作，工资却难以糊口的人。

这一两年的雷曼冲击带来的经济低迷，让同代人之间的对话多少有了复苏的征兆。可在展开对话之前，总觉得还是不太清楚彼此之间应该谈些什么好。

在景况艰难的人看来，生活上丝毫不用担心经济问题的人还是很令人羡慕的吧。而且，就算是生活美满的人，也不可能像经济景气时那样极尽奢华。他们自己也会认为，自己在求职的时候虽然内心矛盾挣扎，却还是选择了成为正式职员的道路，努力了10年、15年，才有了现在的地位。听说有些人一直在寻找自我，如今收入很低的时候，忍不住脱口而出“这是当事人自己的责任”，也是有一定道理的。就现实来讲，虽说到了三十几岁工作还是不稳定的人群中——正如先前所说——并非由于寻找自我才落得如此境地的人非常多，但真实状况直到2005年以后才被世人所知晓，且如今也依旧存在很多误解。

残酷的是，做着自己想做的工作的那部分人也不能自傲，或者说他们并不为社会所赞扬。如果高声宣扬自己一直以来都做着想做的事，并凭此获得了良好的社会地位，就有可能被人诟病：“明明还有那么多贫困人口，你这么说是不是过于粗线条了？能不能稍微顾及一下那些人的心情？”

最终，三十几岁这一代就算努力也没什么好事发生。因为没有用尽最后一丝力气就提出希望有人施以援手的话，会被批评说是你自己不够努力。准备升学考试时的自我责任论卷土重来。

无法开口求助的内心

在现代特写节目中播出的无法开口求助的男子，是在求职冰河期前稍早一些的时候进入社会的，最初似乎是在经营状况较好的公司里工作的，可是指标越来越高，他的身体最终被拖垮。身体垮掉之后，他沦落到同下一代即团块二代，竞争工作机会的地步。当然，从某种意义上来说，相较于团块二代，他更难将“帮帮我”说出口。

整个社会都知道团块二代在就业冰河期过得很艰难，可你那一代的时候，就业形势还不错吧。那时候肯定找到了工作，现在说工作丢了，肯定是你自己的责任啊。——也许，他曾经遭遇过这样的批判吧。或者，他曾经感受到了这种恶意。就业冰河期一代同之前的泡沫经济一代之间，在这一点上，果然是有断层的。

事实上，他在去世前几天还跟高中的四五好友办了个小型同学会。那时候，有的人过得顺风顺水，有的人则马马虎虎，他到底也没能坦白自己马上要饿死的境况。

说不出口的心情也不是无法令人理解。

说真的，当然是说出来比较好。说出口的话，听的人其实不会有什么坏心眼，肯定会抱着“那我来帮帮你吧”之类的心情。只是，从现实来看，对方能做些什么呢？虽说是正式员工，朋友们过的也并非是衣食无忧的富裕生活。对方可以临时拿钱接济自己一下，可也是额度有限。能有多少人陪自己一起找工作，这个谁也不知道。

“分人”的概念

最终，“自己究竟是什么”的问题关系到“在社会上能做什么”的职业问题，人们通过从事自己想做的工作来认清楚自己就是这样的人，并得到他人的认可。这就是如今的“三十代”群体的个体状态。一旦确定了未来的某个目标，他们就会拼命朝着目标努力。可要是没有目标，就算有人在旁边大喊加油，他们也不清楚要为了什么、怎么去努力。这一旦同个体认同危机直接联系起来，就会成为极大的痛苦。

针对“个人”的概念，我在2009年发表的小说《曙光号》中提出了“分人”的概念。所谓“个人”，原本指的是英语中的individual（个体的，个人的），其原本的词形是in-dividual。dividual源自divide，而divide的本意是“分开”“分割”。individual中的in是否定前缀，相当于日语中的汉字“非”“不”。也就是说，individual（个人）这个词表示“无法分割的事物”。

比如，有10个人。将其5人一组分开。然后将5人分成3人和2人，接着将2人分为各1人。最后剩下的一个人不能再继续分组。这种不能继续分割的存在被称为“个人”。传统意义上的个人就是这种不可分割的存在，不管去到哪里，我就是我，他就是他，每一个都是不可能再做分割的存在。可是，事实上，正如有“戴着面具”或“立人设”的说法一样，我们心里很清楚，跟朋友交往时的自己、与公司同事共事时的自己、跟恋人在一起时的自己都是不一样的。

以前，我们会将这种差异看成是多重人格或者表里不一，对此的看法都是负面的。可是不同个性的人之间想要进行沟通，如果不能转变为适应对方的人格，彼此根本就没有顺畅对话的可能。比如，我在各位面前这样讲话，可要是以同样的腔调跟7岁的侄女讲话，那必定会是鸡同鸭讲。因此，在侄女面前，必定要变身成那个可以跟侄女对话的自己。这并不是扮演某个人设，而是自然如此。

分散人生风险

一直以来，人都是individual、是个人，都是不可分割的存在，而事实上，人能够根据人际关系将自己的存在做分割——这是我一直以来所提倡的概念。人会与形形色色的人相遇，在相互作用中，能够感知到同此人在一起时的自己是这个样子，跟别人在一起时的自己是那个样子，能够做出细致的分割。这样一来，打个比方，如果在学校里遭受了霸凌，若是不能分割，就会陷入是不是被霸凌的自己也有责任的思考中，就会怀疑自己本质上会不会就是个注定要被人霸凌的人。可是，那只是在学校这一场景下与霸凌他人的同学的关系中的“分人”，同家人共处时的“分人”则会更加开朗地大笑。就这样，如果能够将自己分割开来看待，生存方式也会随之改变。

为了活下去，要喜欢这个世界，或是要喜欢自己。总归要喜欢一边，否则会活得很艰难。可是，就算别人让你好好爱自己，若非自恋狂，真的很难发自内心地去爱自己吧。

有很多烦心事，尤其是人生事事不顺的时候，就算身边的人告诉你要爱自己，也不知道该如何是好。不过，我觉得，我们总会有这样那样的感受——跟那个人一起的时候，自己意外地话多，也会开怀大笑；喜欢跟那个人在一起的自己，却不喜欢跟另一个人在一起的自己；等等。在这种种感受中，只要有一个自己喜欢的“分人”，以此为根基生活下去就可以了。

个人基于环境和人际关系而不断分化，也就是“分人化”。工作进展不顺利的时候，是身处职场关系中的“分人”没有做好；而在喜欢的互联网世界中，在感兴趣的网站上就可以开心起来。

要分散掉人生风险，可以将自身分割成几个“分人”。“这个不行的话，还有那个”，这样想就可以更加轻松地活下去。活下去，就是要分配好交织在一起的“分人”的比率。哪个“分人”对自己很重要，哪个不重要？时期不同，结论也会不同吧。有时候，在某人压倒性的影响下，同那个人在一起的“分人”占了自我的大半，不过，同其他人在一起的“分人”终于越来越重要的时候也可能会出现。

当面临不得不开口求助的局面时，认为自己遭遇了彻头彻尾的失败，那对向他人开口求助是会心存抵触的吧。可是，这样一来，若身在公司的“分人”遭遇不顺，个人兴趣上的“分人”、与家人在一起的“分人”以及跟眼前的对方在一起的“分人”，所有的一切都将化为乌有。“想要改善这种状况”——如果换成这种说法，对自尊心的负担一定会减少吧，我们在对待身处苦境的人所面临的问题时，思路也会随之改变。

（本文基于2010年7月17日举办的“北九州生命热线第三十二回自杀预防研讨会”中的基调演讲《“三十代”的危机——现在，“三十代”该做些什么……？》写就。关于“分人”，在2012年出版的新书《何为自我：从“个人”到“分人”》和小说《填满空白》[均由讲谈社出版]中做出了更加详细的解说。）

第七章　在说出那句“帮帮我”之后

——“3 · 11”后的陪跑型援助

田中智佳子（NHK福冈地方局　新闻节目组导演）

如今的“三十代”流浪汉援助现场

2013年2月，当月最后一个星期五。我们为了再次去免费食物分发点采访，赶往了北九州市的繁华商业街——小仓站周边。

从车站穿过商业街，我们马上与一名男性擦肩而过。大概50岁上下吧。他一直在马不停蹄地寻找立马就能上手工作的年轻流浪汉。他被称为“职业介绍人”，会介绍提供宿舍的工作，有时也会给看上去像是流浪汉的年轻男性购置手机。常有年轻流浪汉同这名男性交谈后马上就从小仓的街角消失了。我们并不了解实际情况，可这名男性看上去总有点所谓的“贫困商业”的味道。

我们开始跟踪采访流浪汉援助的一线工作是在4年前，从那时起，这名男性就在这里了。他至今还在街头徘徊，那是不是说明流浪汉援助一线的状况依旧没有任何改变，甚至是进一步恶化了呢？说实话，根本没听到过什么好消息。

2008年雷曼冲击之后激增的“三十代”流浪汉中，有很多人无法逃离自我责任这个词的禁锢。他们找不到工作，“不顺都是由于自己的错”——一个人越来越孤立无援。

“无法开口求助的‘三十代’”现如今过着怎样的生活？我们就节目内容结集出版之后的援助工作进行了采访，聚焦这一群体面临的现状。

不断呼吁的奥田先生

“是迄今不曾见到的异常事态。”

20多年以来一直从事流浪汉自立援助工作的奥田知志先生提到持续增加的“三十代”流浪汉时曾这样说道。那是2009年的夏天。派遣合同期满，同时失去了工作和住处的年轻人在日本随处可见。九州也是如此，大分县的大型精密仪器生产商的工厂终止了派遣合同，找工作的年轻人四处奔走。

指望在福冈市找到工作的期待落了空，人们又来到北九州市找工作。可是，当得知北九州市也没有工作机会的时候，储蓄已经逐渐见底，奥田先生他们免费分发食物的地方开始陆陆续续出现年轻人的身影。多的时候会有10多个年轻人排在领取食物的队伍里。他们会去排队领取免费食物，却拒不接受更多的援助，也不会跟人交谈寻求帮助。

“回到父母身边重新开始呢？”面对奥田先生的提议，对方断然拒绝——“那种事我做不到。”如今想来，对方身上确实透着那种用“异样”这个词都难以完全表达出的痛楚。

为什么年轻的流浪汉不去主动寻求帮助？跟他们初初相遇时，奥田先生完全无法理解。可是，正因为无法理解，他更加努力地去仔细聆听对方的倾诉。他们有什么苦衷，出于什么考虑要如此顽固地拒绝与人交流？

最近，他跟这些年轻人之间的这种交流增多了。

“你很自信。”

年轻人一脸惊讶，慌忙否认。

“正因为没有自信，如今才沦落到这种地步。”

“真的是这样吗？”

奥田先生继续道。

“你的话是自问自答。‘自己这么活着可以吗？我这种人还是死了好。’‘回家吧？肯定会给父母添麻烦。’自己提问，自己作答，然后，相信自己给出的结论。因为相信自己，所以你很自信。”

有时候，奥田先生也会再多说几句。

“稍微减少点自信，去听听陌生人的话吧。”

跟“三十代”流浪汉相遇至今已有4年，奥田先生绞尽脑汁磨破嘴皮去打开他们坚硬的内心。在那一句句的话语中饱含着“求助也无妨”的心情，奥田先生至今也依旧在不断呼吁。

“三十代”的身影从街头消失了

奥田先生热心的呼吁难道奏效了？这次的夜巡中，我们没有遇到在街头露宿的“三十代”流浪汉。寻遍了小仓站的高架下和商店街的角角落落，也未能发现年轻流浪汉。这次久违地进行夜巡采访，却发生了这么大的变化，我不禁感到扫兴。同时，我也实实在在地感到：“消失不见再好不过了。”

可是，夜巡中的奥田先生的视线依旧敏锐。他总是在与年轻人擦肩而过的转瞬之间从头到脚观察对方，判断其是不是处于流浪汉状态。

“不是呢。”

奥田先生的声音传来。

“您是从何时开始看不到‘三十代’的身影的？”

奥田先生对此面带疑惑地答道：

“大概是半年前吧。不过啊，三十几岁的流浪汉在街上消失不见，那是他们都开始了新生活吗？我对此抱有疑问。必要的援助真的到位了吗？我又完全没有这种感觉。”

他继续说道：

“仅仅通过这样的夜巡，以在街头偶遇的方式根本不可能帮他们重新站起来——我心中很是焦虑。光是看目前的状态就高高兴兴地觉得流浪汉减少了，这也不太对劲。接受生活保护的人数在增加，生活穷困潦倒的人并未减少。跟以前相比，现在的状况变得更加复杂了。”

正如奥田先生所言，接受生活保护的人数在持续增加。不属于“高龄”“残疾”“伤病”“母子”这四类固有的就业难状况的人会被归类为“其他”，而2008年雷曼冲击之后，“其他”类——所谓“有就业可能的年轻人”——的申请人数增加明显，从北九州市的现状来看，比2008年度增加了约4倍。

接受生活保护也是当事人发声求助的结果，事情本身并非坏事。为了尽快结束流浪汉的生活状态，必须获得维持最低生活标准的金钱；为了顺利求职，拥有固定的居住场所也是必不可少的先决条件。

一直以来，很多三十几岁的流浪汉未能向周围开口求助。一想到还有促成本次采访的北原学先生（化名）那样在39岁就孤独死去的人，我再次感到，先借助生活保护来确保生存的基础至关重要。

今后的问题在于，曾鼓足勇气出声求助的“三十代”年轻人在结束生活保护后，能不能达到自己养活自己的标准。

在迄今为止的采访中，我们了解到，对三十几岁的流浪汉和生活穷困者来说，生活保护的申请门槛太高了。因为“年轻”而无法申请生活保护的情况也实际存在。奥田先生表示，“让人无法开口求助的社会太孤寂了”，社会应该先对他们伸出援助之手。

“在向他们伸出援手之后，‘接下来就靠你们自己努力了’——再放手即可。”

这就是奥田先生制订的“三十代”人群迈向自立的行动策略。先救起他们，再让他们贯彻自我责任就好。

“接下来就靠你们自己努力了。”

如今正在接受生活保护的“三十代”的年轻人们听了这句话会作何感想呢？

“接下来”指的是什么时候呢？从哪个节点开始要靠自己努力呢？如今正在接受生活保护的“三十代”中的很多

人或许还没能找到“接下来”这个节点吧。

两次三番地寻求帮助，真的很丢人

去夜巡之前，在胜山公园举行了免费分发食物活动。那天的菜单是咖喱饭和猪肉酱汤。2月下旬，北九州市夜间的气温会降至10摄氏度以下。在这般寒冷中，我们估计这暖乎的菜品一定会吸引很多人来排队。可是，那天来排队领取免费食物的只有47人。其中，三十几岁的男性仅有1人。

佐竹健二先生（化名），35岁。2009年免费分发食物的时候，他每周都会来排队，是老面孔了。到了2010年，在路上时不时会看到骑自行车上下班的佐竹先生的身影。明明找到了工作，为什么还要来排队呢？

奥田先生发现了佐竹先生，马上赶了过来。

“佐竹君，你怎么不早说啊！”

“对不起，总觉得没法儿说出口……”

“那时候，我可是高兴坏了！”

奥田先生跟我们讲述了他与佐竹先生的故事。

他在路上随意拦了辆出租车，司机正是佐竹先生。看到带着令人心旷神怡的笑容享受工作的佐竹先生，奥田先生真的非常高兴。

2009年，佐竹先生被建筑行业的公司辞退，为了找工作从福冈市来到了北九州市。但是，储蓄眼看见底，他不得不露宿街头，跟本可依靠的家人也断绝了关系。

听取了奥田先生他们的劝说，他在北九州市申请到了生活保护。接受着生活保护，他在流浪汉自立援助中心住了下来。他想尽了办法去找工作，最后也成功进入某出租车公司就职。入职后，他结束了生活保护，应该已经顺利走上了自立自强的道路。

可是，在路上偶遇后仅仅月余，领取免费食物的队列中又出现了佐竹先生的身影。奥田先生表示非常遗憾。

“我有个屡屡改不掉的弱点……”

佐竹先生只是一脸抱歉地如此解释。问清楚具体情况后才知道，佐竹先生一直在拖欠房租，房东忍无可忍终于联系了出租车公司。那之后，他跟公司的关系变得疙疙瘩瘩，就被解雇了。

“屡屡改不掉的弱点”是他不会理财。有了收入，他总是会马上用在眼前的事物上。奥田先生恨铁不成钢地表示，多么希望他在丢掉工作之前来找自己，可佐竹先生的心情非常复杂。

“终于可以不用接受生活保护了，可以独立生活的心情过于强烈……觉得很对不住您，或者觉得很不体面，说真的，我根本不知道该怎么开口去找您商量。”

露宿街头拒绝求助时的佐竹先生语气强硬，每每面对我采访时提出的问题，都用一脸“你明白什么！”的表情死死盯着我。跟那时候相比，他的表情变得柔和，也能够正常跟人交流。

“人总是会变的。”

正因为有佐竹先生这样的人，奥田先生才会一直心怀期待。实际上，他的表情和表达方式也有了很大的改变。

奥田先生指出，佐竹先生接下来有必要认真面对自己的弱点——理财，并让他来找自己聊聊。

有必要帮到那个地步吗？——这种想法在一瞬间划过脑际。不过，人所面临的问题本来就不止一个，同时面对多个问题的情况反而比较多见。对于像佐竹先生这样，跟家人断绝了来往，跟公司的关系也宣告结束的人来说，靠一人之力去解决多个问题或许是非常困难的。

“在向他们伸出援手之后，‘接下来就靠你们自己努力了’——再放手即可。”

佐竹先生深深以为，“接下来”的意思就是“结束生活保护之后”。为了不再接受生活保护，他拼命努力。

对有些人来说，“接下来”等于“接受了生活保护之时”，对另一些人来说却并非如此。我隐隐觉得，奥田先生口中的“接下来”应该包含着“对你的援助工作到位之后”的意思吧。

急不可待地一个人去努力，会再次遭遇挫折。相反的，一直都不试着去努力重新站起来，也将再也无法动弹，陷入孤立的境地。“三十代”的自立之路充满了个体差异和复杂状况。

奥田先生面临的新课题

通过奥田先生的工作，我们也清楚地发现，自立困难的原因不只是“没有工作”，“在生活中无法自立”（比如早上起不来）、“在需要扮演社会角色的场景下无法自立”（比如根本无法与人沟通等）这样一些日常生活中的琐碎小事也会成为高墙。

正如前文所述，生活保护接受者中的“其他”类有增长的趋势。以北九州市的具体数据来看，发生雷曼冲击的2008年度有809例。派遣合同到期问题愈演愈烈的2009年度是1 719例。仅仅一年间便已是倍增。2010年度为2 898例，2011年度为3 518例。“其他”类中停止领取生活保护金的人每年不会超过两成。

奥田先生指出，不能只关注急速膨胀的数字，对内在根源的探究才是必要之举。

最近，露宿街头的“三十代”流浪汉的身影不再，连在24小时营业的快餐店中打盹的“流浪汉预备军”也不见了踪影。

“首先，第一件事，我希望能够帮他们改善现状，让他们至少能安心睡个觉。在街头生活久了，衣服会脏乱不堪，也会情不自禁露出满脸戒备的表情。最重要的是，内心会变得一片荒芜。”

随着奥田先生他们坚持不懈的奋斗，情况慢慢开始有了变化，年轻人露宿街头的现象不见了。

另一方面，不再游荡街头的“三十代”群体中的很多人——以“其他”的身份——开始接受生活保护的可能性很高。他们在领取生活保护金的同时，会在保护金可以承受的范围内租房。一旦开始生活在屋檐下，他们就不会再被称为流浪汉了。可是，奥田先生告诉我们，这里有一个大问题。

"即使不再是流浪汉，没有工作、没有家人的穷困状态却丝毫没有改变。可是，一旦有了住处，只要当事人不主动提及，在目前的援助态势下将无法得知他们是否依旧穷困潦倒。"

对三十几岁的他们来说，住处竟成了又一堵加深孤立状态的高墙。

曾开口求助，开始接受生活保护的"三十代"流浪汉，也可能如佐竹先生一般，在下一个人生阶段因某个小小的挫折而再次陷入危机，却无法再次开口寻求帮助，开始滑入孤立无援的深渊。

有了住处才没有办法开口求助

"要如何找出那些孤立的穷困人群呢？"

这，就是在2009年那一年，找寻看上去不像是游荡于街头的流浪汉，实际却身陷流浪汉状态的"三十代"群体时面临的课题。

奥田先生将关注点放在了那些衣着洁净、脚上的鞋子却脏污得厉害的年轻人以及目光游离、只是一味埋头疾走的年轻人身上。

"你并不是一个人。希望你能鼓起勇气来找我。"他一直在分发信件。

"要如何找出那些囿于家中，处于孤立状态的穷困人群？"这一课题再次浮现出来。

露宿街头的话，生活窘迫的情况一目了然。可是，一旦对方有了住处，总不能通过门禁电话挨家挨户询问“是不是有困难?”，告诉对方“有困难要说出来”吧。

奥田先生想到了一种陪伴在对方身边、与其共同面对自身困境的援助模式，以防其宅在家中，陷入孤立的泥沼。

“3·11”的冲击

为个人提供必要援助的“1对1咨询师”——奥田先生想到的新型的援助模式，是“陪跑型援助”。

在这种体制构架即将正式步入正轨的时候，东日本大地震发生了。2011年3月11日晚，奥田先生发布了一条推特：

“必须要做点什么。要做什么呢？做什么?”

自己做点什么好呢？即便毫无思路也无法安静等待，次日，他便跟震灾区的流浪汉援助团体协作，准备了用于一日三餐免费分发活动的食物，马上安排从北九州市送往当地。另外，东京的“生活club”、九州的“Green Coop生协[①]”以及奥田先生出任代表的流浪汉援助团体等三方组成了共同事业体，着手应对震灾区的援助工作。

“能做些什么?”

奥田先生每天都在为了援助震灾区而奋斗。

---

① “生协”即生活协同组合联合会的简称，是一个区域的人为了提高生活水平，在区域内部自行进行生产、销售的组织。

在震灾区发挥效力的流浪汉援助诀窍

面对前所未有的事态，奥田先生心下觉得，这时候只能善用迄今为止在工作中培养出的自身的专业性了。奥田先生一直以来所面对的，是露宿街头的流浪汉以及无法开口求助的年轻流浪汉。也许是基于奥田先生一直以来的经验吧，很顺利地制定出了震灾区支援的方针。

“着重援助那些被困在山谷间的人。”

被选中作为援助目的地的震灾区是宫城县石卷市内一个名为蛤滨的小村落。当时，援助活动都是以大城市为中心进行的，所以蛤滨并不见自卫队或其他救灾人员的身影。蛤滨是个只有9户人家的村落，20人集体抱团，艰难度过受灾后的每一日。

地震发生20天后，奥田先生终于进到了当地。迎接奥田先生的，是在蛤滨担任区长的一对夫妻。

“我们因为这次的海啸失去了一切。”他们的脸上满是沮丧。可即便如此，还是有件值得被小心珍藏的东西。说着，对方向奥田先生展示了一张图文并茂的明信片。

明信片上绘着圣诞玫瑰，旁边写着：“虽然现在泪流不止，可开怀大笑的那一天肯定会来到。”看到这封被夹在九州送来的物资中的明信片，避难所中的人们都忍不住落了泪。

“我们的船也都被卷走了。可是，现在靠这张明信片，我们也可以活下去。”

说着，这对夫妇的眼泪簌簌落了下来。

“他们需要食物、衣服和住处。在援助流浪汉的过程中，我深切地明白这些有多么重要。可是，人在遭受挫折的时候，还有一样东西必不可少，那就是人与人之间的牵绊。暂时的援助物资很重要，但能够将人与人紧密连接在一起的邂逅也是至关重要的。”

奥田先生经历过东日本大地震，再次深切体会到了援助的内核。

举全国之力开始的“陪跑型援助”

“一起活下去。将那样的相遇深藏在援助工作的根底是非常关键的。”

奥田先生介绍震灾区援助工作时说出的这句话，在我们听来，也跟他一直以来对那些眼看着要滑入孤立深渊的年轻流浪汉的贴心话语重合了起来。

2008年雷曼冲击之后，“三十代”流浪汉中有很多人守护着濒临破碎的自尊，带着一不小心就会陷入孤立状态的虚弱，拼命以自己的方式努力活着。对处于这种精神状态的他们来说，有商有量地陪伴他们走下去的“陪跑者”般的存在必不可少。奥田先生以前就一直如此呼吁，他的这一主张终于引起了政府的注意。

非正式雇佣和长期失业等不稳定的工作方式蔓延，接受生活保护的年轻人增加，领取保护金的时间延长也成了问题。为了解决这些问题，从2011年度起，“陪跑型就业援助计划”启动。厚生劳动省给予预算拨款，北九州市与NPO合作，开始了全新的援助计划。

奥田先生在这一计划中定下的目标，是制订能够全面且持续地对困难人群面临的问题进行援助的陪跑者的职责。一直以来，生活保护有案例分析员、HelloWork有咨询师，每个接待窗口都有专门的接待人员。可是，他们解决的都只是专业领域的问题，能够全面协助解决困难人群问题的咨询师尚无一人。

在陪跑型援助的模式下，“1对1咨询师”同身处困境的人反复交流沟通，携手面对所有问题。以问题解决（自立）为目标决定先后顺序，适当地利用现有的各种社会福祉。

如果“1对1咨询师”判断困难人员选择的社会福祉并不能解决其本身的问题，困难人员可能会停止接受这种福祉援助。

在陪跑型援助的模式下，为了清晰把握困难人群面临的问题，会将其大致分成八大类以明确问题点。

援助领域和内容

① 就业：求职活动、工作期间的日程安排，继续就业等必需的所有援助。

② 生活：家务、生活节奏等的跟踪随访，自立生活的实现和持续。

③ 健康：敦促去医院就诊、健康饮食以及包含预防措施探讨在内的援助。

④ 社会保障：导入各种现存的可加以利用的制度，并进行对接。

⑤ 法律：与各类咨询窗口协作以解决债务咨询以及继承等问题。

⑥ 人际关系：唤起与友人和地区之间的牵绊情感，也帮助缓和恢复与家人之间的关系。

⑦ 金钱：就日常生活中的生活费管理建言等。

⑧ 生存意义：旨在通过参加各种志愿者活动，获取自我肯定和自我存在价值。

"1对1咨询师"就这样陪在当事人身边，不断同他们确认生活过程中遇到的问题，解决问题，帮助其实现自立。

不管怎么说，有可以倾诉的对象本身就可以预防困难人员走向孤立。"1对1咨询师"的陪伴会让些微小事不再成为压死骆驼的最后一根稻草，在稳扎稳打实现自立的道路上发挥着极其重要的作用。

陪跑型援助计划启动后，2011年度有10人、2012年度有15人接受了援助，向着再就业这个目标迈进。虽然还不是全员，但他们中间即将出现找到工作、结束生活保护的人。

负责陪跑型援助工作的是NPO北九州流浪汉支援机构的3人。这3位完全化身陪跑者，陪伴引导对方积极找寻工作、参加社会活动。陪跑者不把自身的想法强加于对方，只是陪在他们身边，为其制造打开局面的契机——这一点跟以往的做法有着极大的不同。

陪跑型援助让他从家迈向社会

我们采访了2012年度的援助计划对象中川卓先生（化名，30岁）。

中川先生大约3年前从物流运输公司辞职。辞职的原因是频繁感到身体沉重，精神上的负担也逐渐变得难以忍受。中川先生是4吨位卡车的司机。他跟公司提出以自己目前的状态责任过重、难以胜任，可公司说临时找不到人手接替，他就只能继续工作。后来，他因胸口压迫呼吸困难被紧急送往医院。压力太大了。他逃也似的提出了辞职。辞职后，跟父亲的关系一下子变差，他便离开了家。无处可去的中川先生只能睡在大路边。

他用从事运输工作时收到的最后一笔工资购买了食物，露宿街头。睡在外面比较辛苦的时候，他也曾经买一张车票在电车中消磨一整天。乘电车的时候，他会留意自己的穿着和体味。

“那时候，我觉得自己看上去并不像流浪汉。”

和很多流浪汉一样，比起跟人开口求助，中川先生更在意的是努力不让周围的人注意到自己穷困潦倒。这让我们印象深刻。

在街头游荡的生活持续了一年半。最后弹尽粮绝，他就去排队领取奥田先生他们免费分发的食物。以此为契机，工作人员劝他“要尽快重拾正常生活”，于是他申请了生活保护。他内心有抵触，可是眼看着连填饱肚子都做不到了。

有了住处后，他马上去生活保护的接待窗口和HelloWork找工作，但是工作却迟迟定不下来。即便去窗口咨询也毫无进展，他便渐渐失去了信心。

他要么把自己关在家里，要么就像当初露宿街头时那样毫无目的地在街上乱逛。工作迟迟定不下来的焦虑助长了他内心的虚无感。

就在这时，他从生活保护窗口的案例分析员那里听说了“陪跑型就业援助”的事。

长久以来，自己一直没能找到工作，也实在是不太擅长面对陌生人的各种指手画脚。不过，若是北九州市和厚生劳动省的合作项目，应该就不是贫困商业。于是他就参加了这个计划。

陪跑型援助的项目介绍是困难人员跟生活保护的案例分析员或陪跑型的援助人员一起听的。如果听了介绍后不满意，可以不接受陪跑型援助。因为，接受援助的人同陪跑者必须心意相通才能开始陪跑型援助。中川先生听了介绍，决定接受陪跑型援助。

中川先生的生活发生了改变。

他心中一直对从待业状态突然切换到工作状态怀有恐惧。可是接受陪跑型援助的话，可以去合作企业参加职场研修。中川先生在生协的配送中心参加了研修。工作9点开始，下午2点半结束，随后按惯例，要用30分钟的时间撰写当天的工作汇报。工作内容是将分拣完毕的配送物品不断搬运至指定的车上。

在去现场参加研修之前，有个“前期研修”环节，要跟陪跑者一起学习问候和自我介绍的方法、简历的写法等基础中的基础。“三十代”中没有熟练掌握这些基础技能的大有人在。

创造机会让其生出对工作的渴望

参加这种“企业研修”和“前期研修”可以领取小时工资，是这种陪跑型就业援助的点睛之处。

研修补贴为一天4 000日元。企业研修若是有17天（每日5小时），就能够赚取68 000日元（4 000日元 × 17）。再加上短时间的研修，一个月大概有7万日元的收入。

如果本就申请了生活保护，每月领取最低生活费11万日元，对上述7万日元做收入申报，大约可以扣除1.8万日元的额度。计算扣除后，总收入由11万日元的生活保护金支付额增加到12.8万日元。①

通过陪跑型援助的“研修”获得收入是划时代的计划。不断参加研修，也激发出人们在仅接受生活保护时不会产生的对工作的渴望。

中川先生参加了研修，也实现了每月1.8万日元左右的收入增长。他渐渐变得积极乐观，觉得自己还能像以前一样工作。

---

① 根据日本的生活保护制度，接受生活保护的人须每月申报包括工作所得、亲人资助、熟人借款、残疾年金甚至弹珠店赢得的奖金等所有收入。生活保护金实际支付额将减去这些收入。但出于促进劳动意愿、鼓励自立等目的，部分收入会被扣除，生活保护金支付额不减去扣除的收入。

"在接受陪跑型援助之前，我处于找不到工作的状态，就只是领取生活保护金。可是，接受了陪跑型援助之后，我参加了研修，在实际从事分拣工作过程中，有了1万多日元的收入，我才开始慢慢觉得是不是可以把这个看成工资。如果没有参加研修，我不会意识到生活保护金和工资的差别。对我来说，当我开始赚取工资的时候，才强烈感受到了希望重新站起来、结束生活保护的渴求。"

靠自己的双手赚钱的感觉也许会让人变得积极向上。对于有可能就业的年轻群体"其他"，不光是发放生活保护金，对其为了自立而参与工作或研修的行为，以工资的形式给出积极评价，使其感受到与社会的联系是很有必要的。

奥田先生很久之前也考虑过将生活保护金以劳动报酬的形式发放。"自己能工作，还有用"的自我价值感才是容易陷入孤立的"三十代"困难人群的心灵支柱。

意识不到自己身处危险状况

中川先生结束了流浪生活、接受生活保护之后开始考虑的，是看不到未来的不安。工作、与父母的关系等看不见的不安几乎要将他压垮。

陪跑型援助的研修从如何在人前讲话开始练习。他最初还觉得至于要做这么简单的事情吗？可实际上，当真站在人前时，他根本没办法把自己的想法传达给对方。写简历也是如此。全部按照自己的方式填写，从未考虑过筛选简历的人的阅读感受。

“相较于露宿街头那会儿，有住处以后全部都是按照自己的方式去处理事情。虽说流浪的时候过于在意周围的目光也不正常，可如今想来，也许正是后来完全按照自己的方式处理，工作才迟迟定不下来吧。”

中川先生也会跟陪伴在身边的陪跑者商量一直以来说不出口的烦恼（恋爱等）。

“一直以来，我一直觉得就算说了，对方也不过是左耳朵进右耳朵出，所以从未跟人商量过。可是，我现在可以说给陪在身边的陪跑者听。他们那种乐于倾听的态度让我非常高兴。”

发生这种变化的，不止中川先生一人。

如果长期处于穷困落魄的状态，精神层面上会变得脆弱，会一下子陷入孤立。处于孤立状态，看不到周围的状况，就会把握不清自己如今到底为何所困，为何不能迈出下一步。

同样接受陪跑型援助的杉山智先生（化名），曾经是在麦当劳打盹的“流浪汉预备军”成员。他说，无论如何也不想在大街上铺个瓦楞纸睡觉。

“现在，麦当劳（北九州）到了晚上1点就会清场，我之后就会躲在大楼的隐蔽处等待天亮。我没有勇气去睡瓦楞纸箱。这是我不可逾越的底线。”

杉山先生流浪的时候，每天都时刻警惕着周围的动向。因此，当决心要申请生活保护的时候，他发现自己竟再也无法相信他人。有了住处以后，区里的接待窗口介绍的工作迟迟定不下来，他也只是一个人为之烦恼。烦恼后得出的结论是："自己没有学历，所以别人才不把自己当回事儿。"

长久以来，区政府介绍的工作一直定不下来，案例分析员就向他介绍了陪跑型援助。这个时候，他也只是觉得"自己没有学历，肯定是被踢到奇怪的部门了"，完全陷入了对人类的不信任。他非常讨厌跟人打交道。

父母也需要人陪护，据说正在住院。在很长一段时间里，杉山先生身边没有一人能够在旁客观审视他。

"不情不愿地勉强申请了陪跑型援助，在陪跑者的帮助下，我终于开始正视自己身上的问题。"杉山先生也找到了工作，开始为迈向新生活做准备。

"待在家中，会渐渐意识不到自己目前的状态到底有多么危险。案例分析员只会谈就业的事情，所以不想跟他们就自己找工作不顺利的事情深聊。接受了陪跑型援助之后，越来越多的对话让我感到'说出来真好'。工作之后我也想跟各种各样的人接触，不会再让自己孤零零一个人了。"

杉山先生和中川先生的经历，正是那些想自立却难以实现的"三十代"年轻人的真实写照。奥田先生在此敲响了警钟。他们通过陪跑型援助开始与他人建立关系，生活开始改善，可是不想跟人有瓜葛的年轻人还有很多很多。因此，他们内心的烦恼和窘迫的现状将更加难以被人察觉。他们不去看周围的人，只想锁在自己的世界里，自己做出结论。他们想要将"帮帮我"这句话从自身所处的危险状况中剥离得远远的。

“无法开口求助”

“‘帮帮我’这种话，现如今的自己根本不可能说出口啊。”

年仅30岁就开始流浪生活的金子先生（33岁）经历了2011年的东日本大地震之后曾如此嘀咕道。

一想到那些突然因海啸而失去住所和家人的受灾者所经历的千辛万苦，不论是谁，也许都会觉得自己心中的苦不过都是小事。

那时是什么样子呢？2008年年末，大批年轻人失去了工作和住处。想要重新回归正常生活却难以实现，身边的人和自己也都坚信精神论，始终认为这都是由于“不够努力”。一直小心翼翼维持的自尊到最后也碎了一地。那时候，他们多示示弱，向他人寻求帮助，也是可以的吧。为什么社会只会对他们恶言相向，让他们不要“娇气”？

金子先生自己在雷曼冲击后失去了工作，经历过街头流浪，接受过生活保护，找到过短期签约的工作，每天都过得非常辛苦。他从未感觉到生活变好过，可是跟奥田先生相遇4年后，他终于想试着对自己好一点。

对金子先生来说，最重要的陪跑者就是奥田先生。长期的陪跑就这样坚持了下来。为什么金子先生需要陪跑者？因为他是个一遭遇挫折就会马上一蹶不振的人。而且，他还总是遭遇波折。每当眼看着要遭遇滑铁卢的时候，金子先生就会认真思考到底应不应该开口求助。他就是这样一个人。如果金子先生自己毫不认真、得过且过的话，陪跑者奥田先生就会跟他认真探讨“是应该伸出援手，还是不应该出手相助”。

所以，金子先生嘟囔的那句“‘帮帮我’这种话，现如今的自己根本不可能说出口啊”才让我们印象深刻。

此次，在采访那些生活窘迫的“三十代”时，有很多人提到大地震。

“跟震灾地的人相比，自己不可能轻飘飘地开口求助啊。”

听起来跟金子先生的意思不太一样，让人有点别扭。不需要跟旁人比较。我们忍不住想说，不妨先让我们听听你们发自内心的“帮帮我”吧。

越是想要认真生活的“三十代”，如今就越是无法开口求助吧。正因为他们在认真生活，正因为他们能够理解震灾地人民努力生活的心情，才更无法开口求助。可是，希望他们不要忘记，每个人都可以在必要的时刻向他人寻求帮助。

2011年3月11日，整个日本遭受了剧烈的晃动。随后，会有多大的问题席卷日本？没有人知道。各种各样的变化会给世界带来震荡，可是希望我们不要随波逐流，不要忽视自己遭遇的痛苦。挺胸抬头，理直气壮地开口求助——为了这一天，我们也要在平时的生活中不断训练自己正视“帮帮我”这句话，这是非常重要的。

“人总是会变的。”

经历了失踪等多次人生挫折的金子先生迈向更好生活

的样子格外耀眼夺目。

开口求助和帮助别人都很重要

开始采访已经过去了4年。“无法开口求助”的主题并没有改变，可是“三十代”所面临的问题和苦涩的内心在每次的采访中都在不断变化。也许在这之后，他们在生活过程中面临的问题也会不断变化吧。

一直跟他们认真面对面的奥田先生，在他的著作中写下这么一段话：

> 我们一直都尽可能对他人的求助充耳不闻。在想要求助的人面前，会尽量选择从对面的路上走过。如果感觉对方要求助，自己就会做出不方便的样子，先发制人。我们总是会找各种方式保持距离。

无法开口求助的一代肩负起日本的时代总有一天会到来。希望那时候会是一个“人人可以开口求助的社会”。

能够开口求助的人也会听到别人求助的声音。衷心希望在未来的某一天，那个“能够倾听求助的声音的社会”会悄然出现在我们身边。

结语

——走向能够开口求助的社会

当初，现代特写节目的《说不出口的求助～如今的“三十代”到底怎么了～》曾有一个暂定的题目：“为什么39岁会孤独死去”。福冈县北九州市内发生的39岁男性的孤独死事件是一切的开始。

负责采访的，是NHK北九州地方局和福冈地方局的5名记者和导演。他们都是二十七八岁到三十几岁的年轻人，跟孤独死去的男性几乎是同龄人。

采访始于2009年6月。要在节目中传达些什么？确切的主题还没有清楚地定下来。

可是，总觉得那儿会有点什么。是可能成为普遍存在的问题的某个主题。怀着不安和某种确定，采访组频频赶往现场。

不久，这名男性的履历清楚了大半。过于残酷的工作拖垮了他的身体，因此，他从以正式员工身份就职的金融相关公司辞职了。之后，遭遇泡沫经济破灭，没能实现再就业，他不得不辗转从事不稳定的工作。在这段时间里，他先后做了7份零工，其中还曾经做过管理的工作，被委以教导新员工的重任，如此这般。对那个人的大致为人，我们也了解了七七八八。

可是，对他的内心，我们一无所知。其中，最让我们感到困惑的，就是他完全不依赖他人。

如果就像他一样，全部财产只剩下9日元，你会怎么办?

如果是我，我会死乞白赖地去找家人和朋友，毕竟那样的状况下生命安全都可能受到威胁，会跑去断缘寺[①]那样的地方求助，也可能去申请生活保护。一般来说，大概都会如此吧。

可是，我们完全看不出他曾经有过这样的尝试。我们渐渐了解了他所面临的状况，可就算我们不断积累采访素材，也无法读懂他的内心。

而且，刚开始采访时，“39岁”的年龄表示的只是“正值壮年”，只不过是一个象征。

然而，突然间，“三十代”，也就是节目的主题明确了下来。契机是我们对此时北九州市内数量激增的流浪汉的采访。因为他们中间也有很多才三十几岁。

“三十代”在找工作的时候运气不佳，刚好遭遇就业冰河期，成为正式员工的大门很窄，多数人不得不成为自由职业者或派遣员工。这样的“三十代”随着景气的恶化，因派遣合约期满而一个接一个地失去了工作。这在当时的新闻和报道中也被多次提及。而报道中的他们成了流浪汉。

---

① 日本江户时代帮助逃来的妇女办理离婚的寺院。

得到采访机会的我们得以窥见他们的内心。我们惊讶于他们的回答，也感到这些回答跟“39岁孤独死”有种莫名的契合。很多人都提到了“自我责任”。

“是什么不对？是自己不对。”

不是抱怨社会，而是自责。这时，又有一位三十几岁的流浪汉死亡。

为了让这种悲剧不再重演，我们决心要将无法开口求助的“三十代”所面临的危机原原本本传达出去。采访的思路有了很大的改变。

记者和导演们连日奔走于采访现场，而我们的报道不知不觉间也已经录了足足6条。比起其他媒体，会长时间跟踪采访同一个主题在NHK电视台更常见，可这个数字在NHK电视台也是压倒性的。

① 九州冲绳inside《说不出口的求助～孤独死，如今的“三十代”到底怎么了？～》（2009年7月24日，在九州冲绳地区播出）

② 现代特写《说不出口的求助～如今的“三十代”到底怎么了～》（2009年10月7日，全国播出）

③ 九州冲绳inside《说不出口的求助2～遍访那些心有共鸣的“三十代”～》（2009年11月27日，在九州冲绳地区播出）

④ 现代特写《说不出口的求助～心有共鸣的“三十代”～》（2010年1月21日，全国播出）

⑤ 福冈人类交叉口《求助无罪～拯救“三十代”流浪汉～》（2010年4月2日，在福冈县境内播出）

⑥ 目击！日本列岛《你并不是一个人～与“三十代”流浪汉面对面～》（2010年5月15日，全国播出）

除了这6期，还在以NHK特别节目《无缘社会～三万二千人“无缘死”的震撼～》（2010年1月31日）的播出为契机而引起极大社会反响的《无缘社会》特别节目中作为一个单元播出。

能够播出如此数量的节目，最大的一个原因是观众的热情留言。其实，说来惭愧，我们当初并未想到会有如此大的反响。节目首次播出的时候，收视率为12.1%，虽说这算个比较高的数值，却也并非高到让人瞠目结舌。

让采访组大吃一惊的是在全国范围内播出的系列第二弹。收视率竟然达到了17.9%，是在现代特写节目17年的历史中也能跻身前10名的高收视率。在“奥姆真理教”“阪神淡路大地震”等大事件、大灾难纷纷占据收视率高位的背景下，这算是非常奇特的现象。

为什么会这样？我们分析了观众的留言，最终发现了一件事。

似乎同代人的共鸣出现了爆炸式的蔓延。对那个在“自我责任”的名义下无法开口求助的孤寂身影深有共鸣，深知“这并非与我无关”“明天就轮到我了”的“三十代”群体是大量存在的。

而且，不仅是三十几岁的男性，生活的维度不同、夹在陪护和工作中苦恼的女性，不断承受着结果主义的重压的男性白领等，也深有同感，纷纷写下了自己的心声。他们每一个人都不断重复着“是自己不对”的观念。

其实，这并非是他们“个人”，而是“社会”的问题吧。这也是生活在社会中的每一个人必须要切身思考的问题。现在，我们迫切需要一个让那些不断自责、悄无声息活着的人们不去选择做流浪汉或结束生命，满怀希望地活下去的社会。我们接下来也会持续发声，希望能够为构建这样的社会做出微小的贡献。

“无法开口求助”的采访过程中，我们有幸得到了很多人的协助。如果没有他们的鼎力协助，我们或许就不能如此完整地将所思所想传达出来。虽然我们已经竭力保护其个人信息，但对他们来说，也许并不希望将自己的情况公之于众。可是，“如果能为社会做点贡献的话……”，他们还是极度配合我们。对此，我真的万分感谢。

另外，NPO法人“北九州流浪汉支援机构”代表奥田知志先生，作家平野启一郎先生，这两位也给了我们极大的帮助。两位先生以这档节目为契机，在全国各地举办了题为“‘三十代’的危机”的研讨会，为改变现状而在不断努力。

“可以开口求助的社会”。

希望越来越多的人能够关注这个主题，希望人们都能够切身思考，一起努力寻求改变。

吉光贤之（NHK福冈地方局　新闻节目总制片人）

执笔者简介

松元良祐

NHK北九州地方局　新闻采访部主任

生于1969年。1993年进入NHK工作。担任社会部记者时，负责警视厅搜查1课、警察厅等的新闻报道。负责制作了现代特写《精英刑警的消失～团块世代　因大量退休而风雨飘摇的警察～》等节目。

古关和章

NHK北九州地方局　导演

生于1983年。2005年进入NHK工作。2007年起在北九州地方局供职，采访并报道了当地存在的问题和话题。负责制作了日本纪行《充满笑脸的清冷商店街～北九州门司中央市场～》等节目。

小木宽

NHK福冈地方局　新闻节目组导演

生于1976年。2000年进入NHK工作。2004年起在早安日本、特报首都圈等节目组制作了事故、事件或医疗问题相关的节目。曾负责制作现代特写《追踪“大米倒卖”》等节目。

田边干夫

NHK北九州地方局　记者

生于1980年。2008年进入NHK工作。在NHK北九州地方局负责事件、事故及贫困问题等的采访。主要的新闻报道有《流浪街头　守护生命的尊严》（早安日本）等。

田中智佳子

NHK福冈地方局　新闻节目组导演

生于1983年。2008年起出任NHK福冈地方局新闻节目组导演。九州冲绳inside《说不出口的求助～孤独死，如今的“三十代”到底怎么了～》节目播出后，持续关注采访年轻群体的贫困问题。

吉光贤之

NHK福冈地方局　新闻节目组总制片人

生于1965年。1988年进入NHK工作。负责过纪实日本《我们再出发～失业白领们的6个月～》、NHK特别报道《山田洋次　探寻幸福之旅》等节目。出任制片人后，担纲制作了NHK特别报道《“三十代”的“抑郁”～公司里到底发生了什么？～》、NHK特别报道《吉永小百合　那不为人知的对“母亲”的思绪》等节目。

平野启一郎

作家

生于1975年。毕业于京都大学法学部。1999年，大学在读期间发表《日蚀》，凭此夺得芥川龙之介奖。2009年，《绝坏》获得艺术选奖文部科学大臣新人奖，《曙光号》获得双叟文学奖。主要作品有《葬送》、《徒有虚表的爱》、《独白》（随笔集）、《对话》（对谈集）等。近期著有《何为自我：从“个人”到“分人”》、长篇小说《填满空白》。

图书在版编目（CIP）数据

三十不立／日本NHK现代特写节目录制组编著；马惠译．—上海：上海译文出版社，2022.10（2024.10重印）
（译文纪实）
ISBN 978－7－5327－8904－7

Ⅰ.①三… Ⅱ.①日… ②马… Ⅲ.①纪实文学—日本—现代 Ⅳ.①I313.55

中国版本图书馆CIP数据核字（2022）第133567号

三十不立：无法开口求助的青年人

［日］NHK现代特写节目录制组／编著　马　惠／译
责任编辑／常剑心　装帧设计／邵　旻　观止堂_未氓

上海译文出版社有限公司出版、发行
网址：www.yiwen.com.cn
201101　上海市闵行区号景路159弄B座
上海新华印刷有限公司印刷

开本890×1240　1/32　印张6.75　插页2　字数92,000
2022年9月第1版　2024年10月第2次印刷
印数：10,001—11,000册

ISBN 978－7－5327－8904－7
定价：42.00元